CYCLIST
サイクリスト

峠を越えていけ

村澤武彦
Takehiko Murasawa

実在の人物や組織を想起させる名称が登場しますが、この小説は事実を基にしたフィクションです。その上で、有意義な人生をもたらしてくれたRCC (Rapha Cycling Club) や自転車仲間たちに感謝します。クリスティンとアレーダたちの研究者支援の活動が拡がり、転移性乳がんで悩む多くの女性に大きな医学的成果がもたらされることを祈ります。

Although several names recall real people and organisations, this novel is a work of fiction based on fact. With that in mind, I would like to thank the RCC (Rapha Cycling Club) and my fellow cycling friends for giving me a meaningful life. I hope that Christine and Aleda's work to support researchers will spread, and that it will lead to great medical breakthroughs for many women suffering from metastatic breast cancer.

目次

《主な登場人物》

村田正平　美川ハートクリニック　院長
　真美子　正平の妻
室原柚衣　日本航空　キャビンアテンダント
アレーダ　RCC（ラファ・サイクリング・クラブ）マネージャー
クリスティン　RCCロンドン　メンバー、転移性乳癌患者
植松彩花　在福岡テレビ局　女性記者
杉本栄一　スポーツ自転車店　店長
中江征夫　筑紫大学循環器内科　准教授
山田秀基　筑紫大学胸部外科　教授
星野研二　整形外科クリニック　院長
萩尾菜摘　美川ハートクリニック　外来看護師
入江由美　美川ハートクリニック　事務員
江崎留美　美川ハートクリニック　看護師長
川添里菜　村田正平の幼馴染

第一章

ロンドン便——大会の二日後

第一章　ロンドン便

大会の二日後

霧のような冷たい雨が降る夕刻のロンドン・ヒースロー空港を離陸して、もうどれくらいの時が暗い空の上で流れたのだろうか。わずか数時間前のことなのに、ターミナル間を移動する際に肌で感じた摂氏十九度のヒンヤリとした外気が、既に彼には懐かしくさえ思えている。

近ごろ彼が付き合い始めた耳鳴りのように、絶え間なく続く騒音の中での遠慮深げな静けさ。この居心地のいい日航機のシートでもうしばらく眠れば、茹だるような日本の夏が、久しぶりの短い旅で小さな挑戦を終えたばかりの彼を否応もなく手荒く迎えてくれるはずだ。そう言えば、往きの早朝のヒースローも、晩秋の高原かと思うほど静かな薄い霧に包まれた空港だった。

淡いグレーの柔らかな寝具の下に隠れていたシートベルトの着用を確認しにきたＣＡ（キャビンアテンダント）の気配で、仰向けになっていた村田正平は浅い眠りから目覚めた。が、そのことに彼は決して嫌な思いはしなかった。

五年振りとなる貴重な休暇で、ロシア上空を避けて南を飛ぶ欧州便のビジネスクラスでの少し長い贅沢な時間を本当は存分に楽しみたかったが、窓を横に流れる雨の向こうの英国に別れを告げた彼は、飛び立ってすぐに襲ってきた睡魔に容易に負けてしまった。

時差のせいも否めないが、ここ数か月間の様々な準備や寄せ集められた多くの仕事と、先日からの短い旅の間に貯め込んだ疲れなどが、帰国の途についた今になってドッと現れてきたのだろう。前回も前々回も同じようなフライト・スケジュールの便を利用したが、機内ではほとんど眠る必要も無かったのを彼は懐かしく思い出していた。これも還暦を過ぎてからの五年間という月日が成せる無情な業なのかもしれないと、その老いの忍び寄りを彼は素直に受け入れようとしていた。

彼が福岡を出発したのは、先週木曜日の羽田行き最終便だった。

このロンドン便の羽田到着時刻は火曜日の夕方で、入関手続き後すぐに乗り換えて福岡へ飛び、ようやく彼が自宅のベッドに辿り着くのは夜の十一時を過ぎるころだろう。そして翌朝からは、連日三十五度を平気で超える酷暑の日本の片隅で、まるで何ごとも無かったかのように、ありふれた仕事漬けの日々が彼にまた戻ってくるはずだ。

友人の医師に代りを任せている外来診療では、「院長は学会で数日出張し、不在です」と偽りの告知を掲示している。コロナ前までは実際に幾つもの学会で発表する機会があったため、それを疑いスタッフに問う患者は恐らく誰もいないだろう。

この数年間、彼はわずか一日どころか、ほんの数時間でもクリニックを不在にして外来診療を休んだことはなかったが、もうじき彼の久々で慌ただしい秘密の休暇は終わろうとしていた。

「村田さま、お休みのところを起こしてしまい、たいへん失礼いたしました。ですがこの先、強い揺れが予想されている空域をしばらく航行いたします。先ほど機長よりシートベルト着用のサインが出ました。お休みの際には、寝具の上からシートベルトをしていただけますようお願いいたします」

白いジャケットを身に着けているCAは気の毒そうに、まだ眠そうな正平にそう話しかけ、優しそうな笑顔も忘れなかった。

「室原と申します、村田さま。ゆっくりお休みでしたのでサービスを控えておりましたが、シートベルト着用のサインが消えました際に、あらためておうかがいいたします。いましばらくお待ちください」

「はい、よろしく」

彼は寝起きでよく状況が理解出来なかったが、どうも他の乗客へのサービスが十分に進んでしまうほどの時間が経過していたらしい。機内映画を一本見損なったような気がして、いつもの正平の貧乏性が頭をもたげていた。

ひとしきり大きく何度も縦横の揺れを繰り返したあと、ようやくシートベルト着用のサインが消えた。

前の席がないこの7Aの座席は、より個室感があり、居心地はなかなか良かった。往きもそうだったが、超円安のためなのか、あるいは日本人の海外旅行熱が冷めてしまったのか、七月の主要路線の日航機なのに何故かほとんど日本人の乗客が周囲にみあたらない。五年振りの彼にはとても不思議な感覚だったが、辺りから気になる日本語も聞こえず、久しぶりの欧州旅行がまだ続いている気分は悪くなかった。

こうして眼が覚めてみると、なんとなくお腹がすいている自分に正平は気がついた。この飛行機は夕刻にロンドンを出発しているので、ちょうど欧州時間では遅い夕食の時刻だからであろう。コールボタンを押してCAを呼ぼうかと思ったのとほぼ同時に、正平の気持ちを察したかのようにに白いジャケット姿の室原CAが正平の前に現れ、「もう我慢できないでしょう?」と言うようなコケティッシュな笑顔をみせた。まさしくその通りだった彼は、自然と物欲しそうな笑顔を返した。

「村田さま、なにかお食事なさいますか。この時間帯は、アラカルトメニューの中からお好きなものをお選びいただき提供させていただいております。なんなりとお申し付けください。お飲みものは何にいたしましょう。リストにありますように、ワインも色々とご提供できますが」

「あぁ、アルコールは結構です。残念ながらお酒に弱いので。若い頃に機内でお酒をいただいて、パリから成田に到着するまでずっと気分が悪かったことがトラウマになっていまして」

ＣＡの室原は急におかしさが込み上げてきたのか、友人同士が見せるような笑い顔を正平に見せながら、辛抱強く彼の注文を待ち受けている。

「かしこまりました。しばらくお待ちください」

頭をひねりながら時間をかけていくつか選んで注文したアラカルトを、室原は少しも面倒くさそうな顔を見せずにそらんじてカーテンの向こうへと消えていった。

手元のコントローラーを操作し、この後に美味しいものを食べながら観る映画を探す時間もまた正平が好きなことだった。

「村田さま、お待たせいたしました。どうぞごゆっくり」

座席のテーブルを手際よくセットして、彼女は正平の注文の品々を所狭しと並べた。そして、軽く会釈をして、他の乗客の方へと向かう様子だった。

正平には同じ航空会社に勤める姪がいて、彼女はいま産休で乗務はしていないが、一度は乗務する姿を乗客として見るという約束をまだ果たせないままでいた。

祖父母にあたる高齢の両親を連れて……という願いも、正平は新型コロナで三年前に父親を亡くし、その間に母親も海外旅行が安心してできるほど元気ではなくなったのでまだかなえられずにいる。ひ孫の姿を時々スマホの動画で見て楽しんではいるものの、弱って動けなくなる前に一度でいいから白いジャケットを着る孫娘のＣＡ姿を機上でみるという夢を彼の母親はまだ捨てていない。

正平が食べ終わった頃、室原が食器を片付けにやってきた。

「僕にはあなたくらいの年齢の姪がいます。いま産休で休んでいますが、昇級試験を終え、白いジャケットを着ている嬉しそうな写真を見せてくれました」

彼は姪の年齢と、旧姓を伝えた。結婚後の名前はなかなか覚えきれない。

「えっ、そうなんですか。彼女はわたくしの二期後輩にあたります。とても頑張り屋さんなので昇級試験も早く合格されたようです。確かお父様は大学病院のお医者さまだったかと聞いています。失礼ですが、村田さまもお医者さまのような雰囲気にお見受けしますが、そうでいらっしゃいますか。本当はお客さまのプライベートは詮索してはならないのですが」

幸いなことに、ちょうどその時間はサービス提供に多忙な時間帯ではなかった様子だった。ゆったりと眠ったり、静かに映画を楽しんでいる乗客がほとんどのようだ。

近しく感じてくれたのか、自分から柚衣と名乗った室原に対し、正平は簡単に自己紹介をした。まだ独身の頃に、正平は一度だけ機内で親しくなったＡＮＡのスチュワーデスと滞在先のパリ市内で胸躍る時を一緒に過ごしたことがあったが、既に遠い昔の淡い青春の想い出になっていた。

「ロンドンへは学会でお出かけでしたか。あいにくの雨模様でしたが、涼しかったですよね。ロンドンは楽しまれましたか」

仕立ての良い麻の青い長袖シャツを身に着けていた正平が一人旅だったから、きっと学会参加なのだろうと彼女は思ったようだ。夏休みには少し早く、医師のビジネス旅行など、あまり一般的でないからなおさらだ。

「いえ、ニースへ遊びに行ってきました」

「南フランスへ男性がお一人でご旅行ですか」

室原は本当かしらという表情で、少し日焼けした正平の顔を見つめている。

「えぇ、ガールフレンドと一緒ならなお良かったのですが、あいにくの一人旅でした」

なぜか妻と言わずにガールフレンドと言ってしまった正平は決して眼の前のＣＡに独身を装ったわけではなかったが、ふと彼の心に一人の女性が思い浮かんでいたからかもしれなかった。

「へ～ぇ、よろしいですね。わたくしも憧れのニースで、いつかサイクリングをしてみたいと思っているんですよ」

「室原さんは、サイクリングがお好きなのですか」

「まだ初心者なのですが、一昨年からロードバイクに乗り始めたんです。でも、なにかと東京の街中で走るのは気をつかいます。クルーの中には、ロンドン市内でサイクリングクラブのメンバーになっている本格的な人もいますよ」

「それは凄いですねぇ」

「彼女は自分のロードバイクも友人の家に預けているみたいです。二日間の滞在中にクラブの現地メンバーと一緒にロンドン郊外を走って楽しんだり出来て羨ましいのですが、私はまだまだです。でもいつの日か、英国スコットランドの湖水地方や、フランスのプロヴァンス地方の山や海岸、それにイタリアのドロミテ山塊などの美しい自然の中を思いっきり自由に走ってみたいです」

少女のように楽しそうに夢を語る室原柚衣の話を正平は微笑ましく聞いていた。

長いその手足からは、美しいサイクリング姿であろうことが容易に想像できる。正平は彼女に南仏の美しい風景の中でのサイクリングの愉しみを、ぜひ教えてあげたいと思った。

「実はニースへ行ったのは、自転車の大会へ参加するためでした」

「えっ、それは本当ですか」

「僕らは単にETAP（エタップ）って呼んでいますけど、ETAP de Tour de Franceってご存じですか」

明るく輝いた彼女の表情が、また少し曇った。知らなくても無理はない。

「フランス国内をグルっと巡るプロ選手のTour de France（ツール・ド・フランス）は室原さんも当然ご存じですよね」

「ええ、出場する選手のお名前とかは知りませんけど」

「毎年場所が変わるのですが、今年の場合はツールの第二十ステージをアマチュアに開放する大会がニースで開催されたんです。そんなエタップは世界で一番人気があるアマチュアのロードレース大会で、とても大勢の方が世界中から集まります。日本人も二十数人参加していたようですが、大半はヨーロッパ在住の方みたいですね」

室原は興味深そうに正平の話を聞いている。

「本当はロードレースじゃなくって、長距離の山岳コースを完走目指して走るグランフォンドの大会と呼ぶ方が正しいでしょうね。おととい、六日の土曜日が大会でした。実はその帰りで、ロンドンは単にトランジットです」

「その大会のこと、そう言えば東京のＲＣＣというサイクリングクラブの方から以前に聞いたことがあります」

「満井さんですか」

室原柚衣はひどく驚いた表情をして正平を見つめた。

「いえ、お話を聞いたのは、お辞めになった郷田さんという方です。村田さまもＲＣＣ東京のメンバーなのですか」

「はい、最初の年からのメンバーです。＃７９８番が僕の会員番号です。でも、普段は福岡暮しですから、まだ新しくなったお店にも行ったことはありません。以前の東京のお店には何度か行きましたけどね。でも、郷田さんや満井さんとは九州の色んな場所を一緒に走りましたよ」

「そうでしたか。で、ニースはやっぱり素晴らしかったですか」

「えぇ、二度目のニースでしたが、綺麗な海や素晴らしい山もあり、自転車乗りにとっては天国のようなところです。ぜひ柚衣さんも、いつか南フランスを走られてみてください」

「えっ、二度目ですか。一度目もエタップでしたか」

「いいえ、最初はRCCサミットというRCCのメンバーだけが参加できる四日間のイベントでした。パンデミック以降、サミットは開催されていないようです」

嬉しそうに話をする正平に、嫉妬するかのような顔を向ける室原柚衣だった。

「素晴らしいですねぇ、村田さまが羨ましいです」

「そうかなぁ。僕には君たちのような若さこそ羨ましい。もう一度、若くなりたいですよ。自由に使える未来の時間というのは本物の宝物です」

仕事を休みにくい彼は、来年もまた参加できるかどうかわからない。いつのまにか人生の大きな峠を越えてしまったと感じている彼の、それは偽らざる本心だった。

その気持ちが分らぬでもないだけに、娘のような年齢の室原は、眼の前に座って楽しそうに話す白髪交じりの男にどう応えればよいのか少し戸惑った様子だった。

「そのエタップという大会、いつか私も参加してみたいです。女性の参加者もおられますか？」

「ええ、たくさん走られています。と言っても、一割未満ですけどね。僕のロンドンの知り合いの女性の一人は、乳がんサバイバーなのに毎年のようにエタップに参加して、いつも見事に完走していますよ」

「それは凄いですねぇ」

「まぁ、クリスティンは日頃からかなり鍛えていますけどね。もう五十歳近いけど、とても厳しいコースを走り切ることで、いま生きていることの素晴らしさを心から実感したいんでしょうね。ニースでは会えなかったけど、今年も参加したんじゃないのかなぁ。日本に帰ったら、後で彼女がインスタ（Instagram）に投稿する写真を見るのが今から楽しみです。制限時間内に完走すると、金色の完走者メダルがもらえるんですよ」

「金メダルですか。良いですねぇ。でも、初心者の私なんかには想像も出来ないくらい凄いコースなのでしょうね。村田さん、どうでしたか。そんな凄い大会を完走されたらきっと感激しますよね」

初めて村田さんと呼ばれた正平は、エタップに興味津々の室原柚衣にどう答えようかと少し迷った。これからサイクリングの世界へさらに踏み込んでいくだろう彼女。その夢や希望を彼は大きく膨らましてあげたいと思った。

正平は遠い世界へと思いを馳せつつ慎重に言葉を選んで、父親のような年をした自分をジッと見つめている彼女に向かって明るい笑顔で短く答えた。

「素晴らしい体験でしたよ。十分に満足しました……」

第二章　サミットへ――七年前

第二章　サミットへ

七年前

かつて大学生の頃、村田正平は春休みや夏休みのたびに自転車で数週間の一人旅をしていた。夜行列車を利用した輪行が小さなブームだったこともあり、北海道から四国や九州まで各地の民宿やユースホステルを車輪でつなぎながら、彼は自由な青春の日々が永遠に続くものと信じて疑わなかった。

携帯電話で誰からも絆をつながれることはなく、スマホで天気予報や予約など先を約束されることもない。最小限の現金や飾り気のない着古した服と、誰にも指図されない果てしない自由と、予定表とは無縁の終わりのない時間と、足を一日中まわし続けても疲れない体力とがあれば、それが人生で最も価値あるものだと若い彼は信じていた。

友人たちが愉快そうに男女交際をして性の欲に夜な夜な溺れることよりも、彼には向きの定まらぬ風に吹かれての旅に身を委ねることの方が、弾けそうな青春の日々をより満たしてくれるように思えていた。

医学部での学業は年々忙しさを増し、国家試験を控えて覚えることも膨大になり、医学知識も頭からこぼれ落ちるほどに増えていったが、そのような疾病や障害が彼自身の未来に障りあるものだとは不思議と考えもしなかった。医学生として想像力が足りないというより、将来の老化や死というものを自らのものとしてまだ実感できない単なるありふれた若者の一人にしか過ぎなかったのだろう。

医師として病院や研究所で働き出してからは、学生時代の想像を遥かに超える仕事の忙しさなどに直面し、正平はすっかり自転車やスポーツから遠ざかってしまった。避けがたい責任の重さに耐えようと、ほとんど休みもとらず睡眠時間を削ってがむしゃらに働いているうちに、医者の不養生という諺さえ思い浮かべる余裕もなくしていた。

そして時は流れ、故郷にクリニックを新規開業して十五年近くがたとうとしていた頃、正平は娘たちの願いで初めて受けた人間ドックで生活習慣病による危険な岐路に立っていることを強い口調で知らされた。なんと標準体重から十八キロのオーバー。体重計を十年近くも遠ざけ続けていた結果だった。自業自得というやつだ。

五十二歳の彼は見るも無残な中年太りの太鼓腹。脂肪肝や逆流性食道炎や睡眠時無呼吸症候群であることは検査しなくても容易に自覚出来ていたし、ひどい疲れを取るための昼寝が欠かせなかった。その行き着く先はよく知っていたし、その治し方もまた、循環器専門医の正平は誰よりも詳しく知っていた。このままでは糖尿病の診断もそのうち加わるに違いない。

彼が掲げた目標は、十五キロ以上の速やかな減量。後は、実際にやるべき努力を行うか否かだけだった。我を忘れて仕事に忙殺され生きてきたものの、「人生をもっと楽しみたい。到底このまま老いていくなんて我慢出来ない……」という強い気持ちがふつふつと湧き上がり、嫌いなことには言い訳を探したがる彼の背中を押したのは確かだろう。

教科書的な方法で少しずつ効果が出始めると、様々な工夫を取り混ぜた正平オリジナルのダイエット方法で、日々の生活を楽しみながら一年を待たずして十五キロの体重減に見事成功した。それは単に彼が患者に診察室で普段指導していることをきちんと実践したに過ぎないが、正平自身が不幸にも癌や重篤な疾患に侵されているのではないかと患者たちに心配されるほどだった。

一番良かったのは、食事を工夫するダイエットに加え、途中から幾通りかの有酸素運動を積極的に取り入れたことだった。知識十分の正平がいとわず実践さえすれば、容易に理想の身体を取り戻すことができる。そして彼は明るい気持ちと患者指導の愉しみも同時に取り戻した。

「やつれる様な痩せかたより、運動しながら次第に引き締めていくことが大切」

正平が運動療法の種類とメニューを患者に指導する際の定型言葉だった。

彼は大学に入学した年に購入して国内各地を駆け巡ったロードレーサーを購入したお店に持ち

込んで乗れるように整備してもらい、時間さえあれば自転車に再び乗り始めた。運動療法のコツは、好きなことを続けて楽しみながらすることだ。

それから五年近い時が流れ、ますます多忙になった正平の仕事以外の生活は自転車を中心に回っている。幸い体重のリバウンドもなく、彼の運動能力は年々目に見えて若返るかのようだった。

彼がRapha（ラファ）に出会ったのは自転車を再開して一年が経過した頃だった。二〇一五年のRapha Cycling Club（RCC）創設の時は、はたして何がメリットかほとんど分からないままに即決で年会費を払いメンバーになった。いつかは欧州を中心とした海外で走りたいという彼の気持ちが最も大きな誘因だった。

英国で誕生したラファという若い組織は、RCC Summit（RCCサミット）という特別な雰囲気を漂わせる舞台を、世界のどこかで年一回をめどに開催していくという。初年度はイタリアのトスカーナ。二年目はアメリカの南カリフォルニアがその舞台だった。

二〇一七年二月、ラファは第三回のサミットを世界中のクラブ会員に案内した。五月に開催予定のその場所は、正平がずっと憧れ続けてきた南仏のCôte d'Azur（コート・ダ・ジュール）。たちまち、田舎で暮らす開業医の胸は鷲掴みにされた。

開院二十年目の今年こそは、一日も休まず働き通しだった自身への褒美として、どこか海外へ行って極上の自転車旅をしてみたいと秘かに彼は考えていた。白い雪を頂くアルプスや巨大な岩山が屹立するドロミテなど、前々から興味ある地域や有名な峠にも行きたかった。が、彼はラファが自信をもって提供するイベントを初の海外ライド先として選択することに少しの迷いもなかった。

診療机の引き出しの奥に長く眠っていたパスポートは相当以前に失効していたが、なんとか参加できる手段はどこかに無いかと、サミットの開催を知った彼は色々と思いを巡らして過ごしていた。お金を払い申込さえすれば参加はもちろん可能だが、クリニックの運営に支障をきたさない範囲で一週間近く仕事を休むことが本当にできるのかが最も大きな心配事だった。

ある日の夕方、ラファのホームページに魅惑的な写真と文章が掲載された。

Rapha Cycling Club Summit 2017

今年のRCCサミットは、世界有数のサイクリングの聖地であるコート・ダ・ジュールでの開催となります。恵まれた気候、変化に富んだロード、美しい景色など全てが魅力的なこの地域は、長い間、多くのプロ選手たちに愛され、彼らの居住地にもなっています。爽快なライドとリラクゼーションに絶好の地で、素敵な週末を一緒に過ごしませんか。夜はスペシャルイベントやVIPゲストの登場など、お楽しみも満載です。

コート・ダ・ジュールは、ヨーロッパ随一の素晴らしいライドに出会える旅行先。ちょっとした力試しになる名所マドーヌ峠から、チャレンジングなツアーとなるゴルジュ・デュ・ヴェルドン、そして海岸沿いの美しい景色を堪能するルートなど、全てのライダーにとって魅力的なロードが待っています。

この地域は地形の変化が壮大で、多様な難易度のルートをデザインすることが可能です。難易度に関わらず、この地特有の聳え立つ石灰岩や赤御影石による岩山の絶景が、ライドの絶好の背景となってくれるでしょう。各日ともロングコース、ショートコースが用意され、参加者はグループのメンバーとお互いにサポートしあいながらライドします。ライドリーダーとサポートカーも同行いたします。

読み終わるや否や、正平は引き寄せられるようにラファ東京の満井に問い合わせた。

「サミットは年一回だけ開催されるメンバー限定の特別なイベントです。世界中の趣味や考えを同じくしたRCCメンバーだけが参加できる最高の旅になりますよ」

正平はパスポートもないのに、その晩さっそく航空券をネットで購入した。

思い描いていた旅が現実になり始めたが、どう理由を付けて休むかの方が彼には難しい問題だった。彼が仕事を休める期間は極めてタイトで、多額の費用がかかる代理医師の派遣も依頼しなくてはならない。

患者たちは彼の不在をどこまで容認してくれるのか。未経験ゆえの不安が次々と湧き上がる。彼は周囲の誰にも秘密にしたまま、できる限りの全ての手はずをコッソリきちんと整えようと思いを巡らせた。


「どうかなさいましたか？」

新しいパスポートを受け取ったら嬉し涙を堪え切れないかもしれないと思って県庁に出向いたら、実際に涙があふれ出てきたので、恥かしさをごまかそうと正平は笑いだした。


「あのさぁ。ＲＣＣサミットというのがあって、行きたいんだけど、いい？」

そう最初に正平が仕事の都合で別居している妻の真美子に打ち明けたのは、イベント三ヵ月前の二月中旬だった。

「いいわよ。どこ？」

「カンヌ」

「え？　いつか一緒に行こうと思っていたのにぃ。一緒に行っていい？」

「自転車に乗るだけだし、君は自転車に乗れないだろ」

「観光ぐらいあるでしょ。ずっと自転車ばっかり？」

「そう、ず~っと昼間は自転車に乗っているだけみたい」

「あらそうなの。じゃぁ次は自転車抜きで、いつか南フランスに連れてってね」

彼の予想に反し、最初の大きな関門はあっさりとクリア出来た。


三月下旬、もうこれ以上先延ばしには出来ないと思い、正平は古巣である大学病院の医局長に医師派遣依頼の電話をした。

『五日間も代理医師を雇ってまで遊びに行き、スタッフや患者にはどう説明するの？』

色々な葛藤が、彼の胸の中で複雑に渦巻いた。

「判りました。詳細を教えてください、なんとかいたします」

さばさばとした女性の医局長は、意外にも休む理由を彼に一切聞かなかった。

小さくない罪悪感を胸に秘め、緊張しながら医局へ派遣を依頼してみたが、思いがけない優しい口調に正平はホッと胸を撫でおろした。

出発まで約一カ月、医局長から派遣医師のリストが美川ハートクリニックにＦＡＸで送られてきた。これでようやく正平も周囲に休みを取ることを伝えることができる。

「五月十一日から十六日まで旅行に行こうと思う」

「どこ行くの?」

「フランス」

「ひとりで?」

「うん、ひとり」

「代理の先生は?」

「お願いして、もう決まっている」

「そうなのね。気をつけなさいよ」

同居する両親との会話はほんの二十秒、これだけだった。

正平が新規開業してから、海外旅行どころか、二連休さえ無縁だったことも当然ながら知っている家族だった。数日休んだのは、昨年の手首骨折で手術入院をした時だけ。両親は何も言わず理解してくれるだろうが、まだ彼は、「自転車に乗りに行く」とは素直に口に出して言えなかった。あと数日もすれば、別居して暮らしている真美子やスタッフたちからやんわりと真実が伝わることだろう。

外来患者には貼り紙で告知すればいいとしても、正平にとって問題なのは頑張って働いてくれているスタッフ達だった。彼が遊びでクリニックを休んだことが開業以来全くないことは全員が知っているものの、彼女たちに十分な待遇を与えているかと自問すれば、少し恥ずかしい気持ちが湧いてきてしまう。

彼は幹部のスタッフたちを集め、頭を下げて気持ちをシンプルに伝えてみた。

「リフレッシュ休暇を取りたいと思ってる」

思いがけず、職員の反応は好意的だった。

「先生が精神を病んでしまったら、私たちも患者さんも困りますからねぇ」

誰かが言うと、重なる笑い声が彼を優しく包み込んだ。ホッとする安堵感がすぐに身体じゅうに広がった。

知らぬ間に、みんなは正平の期待以上に成長してくれていた。愚痴をこぼしてばかりでなく、もっと素直に休みを取りたいと周囲に告げればよかったと、彼はそのとき初めて思い知らされた。

それからすぐに彼女たちは外来に貼る告知文を率先して作成してくれ、不在時のフランスへの連絡方法や代理医師への指示書や手引書など、こっそり彼が事前に作成したものを精査してくれた。

こうして本格的に南仏への旅の準備が始まりだした。

前年四月に大きな被害をもたらした熊本地震からの復興を応援しようとするイベント「RIDE FOR KUMAMOTO」が、ラファと地元サイクリングコミュニティの共催で、北里柴三郎を生んだ熊本県小国町を起点にゴールデンウイークに開催された。

正平はその帰りに南小国町のティールーム「茶の子」に立ち寄った。

「おつかれさま、コースはいかがでしたか。楽しめましたか」

「素晴らしかったですね。初夏の北阿蘇を満喫出来ました」

店主の松崎は多彩な趣味を持つ通人であり、絶大な人気を誇るサイクリングイベントのコースデザインを担当するほどのサイクリストとしても知られている。年間を通して彼の店には多くの自転車乗りが自然に集う雰囲気があった。正平もそんな一人だった。

「森林組合の特別な許可で普段は立ち入れない山の頂まで駆け上っていく爽快感はなんとも表現できないですよね。あの景色は特別です。私も店を閉めて参加したかったですよ」

今回のコースデザインも担当した松崎は残念そうでもあり、嬉しそうでもあった。

「そうですよねぇ。初夏の野鳥がさえずりながら空に舞うのを追うように吹き上がってくる風を顔に受けながら、そこから見晴るかす阿蘇と九重連山の雄大な山なみの壮大さ。天候にも恵まれ、もう最高でした」

店の奥には一緒に走りを楽しんだ数人の顔も見える。ラファ東京の久保田もその一人だ。正平は彼のテーブルの空いた席に座らせてもらうことにした。

「久保田さん、今度ＲＣＣサミットへ参加するんですけど、実はコミュニケーションや脚力なんかが不安なんです。サミットというくらいですから、きっと上級者ばかりなんでしょうね。僕なんかが参加して良いものか……」

ラファ東京の若いスタッフの久保田は、正平の参加予約の件を知っていた。

「昨年秋に第二回のサミットがカリフォルニアで開催され、私が初めて日本人スタッフとして参加したのですが、日本にいては決して経験できないような夢のような時間でしたよ。次は第三回ですが、村田さんは初めて、そしてただ一人の日本人参加者となります」

おどける様な表情を見せる久保田は、誘いとも応援ともつかない言葉を付け加えた。

「欧米では医師の方の参加者も少なくないので話も合うかと思いますし、絶対にこのチャンスを逃して欲しくないですね。南フランスで最高のロケーションと最良のホスピタリティを英国本社のスタッフが中心となり準備しています。私からチーフスタッフのアレーダに村田さんのことを伝えておきます。きっと彼女たちが素晴らしい時間にしてくれますよ」

その言葉を聞いて、正平の不安は少しだけ減ったかに思われた。

「村田さん、南フランスでやるRCCサミットに参加するんですか。ちょっとそれ、羨まし過ぎますねぇ。私も店を一週間ほど閉めてサミットに参加しようかと思ったけど、観光シーズンで書き入れ時ですからねぇ。どんなに懇願しても我が家の財務大臣から許可が出ませんでした。ハ、ハ、ハ、……」

久保田へのチョコパフェと村田へのコーヒーを運んできた店主は、大きなガラス窓から差し込む光に照らされたテーブルの横でいつもの様に明るく笑っていた。

出発まであと数日と迫った日の昼休み、正平は院内でフランスへ持参予定のロードバイクを輪行バッグに入れ準備しているところを看護師の一人に見つかった。

「自転車を持って行くのですか」

彼女は驚きの声を上げる。観光旅行にでも行くと思っていたようだ。

「わずか五日間ですし、遠くには行けませんよね。韓国か台湾あたりですか」

「それは帰ってくるまで秘密だよ」

彼自身、本当にフランスへ行くのかなぁという不思議な感覚に今も包まれていた。

真新しいパスポートを手に、正平は二十年振りの海外へと短い旅に出た。

丸一日をかけてたどり着いた小さな海辺の空港には南仏の陽光が溢れていた。彼が欧州の地を踏むのは新婚旅行以来、実に二十五年振りだった。

次々と頑丈そうな輪行箱を手にしたサミット参加者たちが到着ロビーに集まりだす。韓国の六人組が現れ、唯一の女性が正平に日本語で話しかける。ベッキーと名乗る明るい健康的な女性だった。日本で二年暮らし、今はソウルの美容整形外科で日本語通訳として働いているという。彼の不安のひとつは彼女のおかげで薄れ、開業する前に世界各地を旅していた頃に気持ちは少しずつ戻っていく。

空港から専用バスで高速道路を三十分ほど走って到着したムージャンという町のホテルは、まるでゴルフ場かと思えるような広い敷地に建つ石造りの素朴な建物で、フランス映画でよく観るようなプロヴァンスの雰囲気に満たされていた。

クラブが全館貸し切りをしているのか、他に宿泊客の姿は見当たらない。

フランス語で部屋の鍵を手渡されたが、一旦庭に出て別玄関から入るらしい。彼は部屋への行き方でさっそく迷ってしまった。多くの人が周囲にいるものの、クラブのスタッフと参加メンバーの区別がつかず、どう誰に問いかければいいのか戸惑ってしまう。困っていると、笑顔が素敵な女性が案内してくれるという。

「あなたが日本から来たショウヘイね。ケンに聞いたわ。よく来てくれたわね」

やはりスタッフなのだろうか。彼女は笑顔を絶やさない。

「さぁここよ。私の部屋の真上なのね。サミットを楽しんでね」

なんとか聞き取れたが、正平はイギリス英語になかなか馴染めない。「アレーラ」と名乗ったように聞こえたが、誰かが言っていたチーフスタッフの「アレーダ」が彼女なのだろうか。自転車乗りにありがちな日焼けや逞しさとは無縁の美しく上品な女性で、彼の想像とはまるで違っていた。別便のトラックで空港から自転車が運ばれてくるまで、プール隣のガーデンテラスで美味しそうなランチが振舞われていた。

正平が選んだテーブルには、サンフランシスコからの米国人とエジンバラ在住の英国人とチェコ人の男性が先に座って楽しそうに語らっていた。日本人の正平も興味を持って迎えられ、時おり笑いを交えながら話が弾む。

「ショウヘイは、どのライドを今日は選ぶんだ」

「時差や長旅の疲れを考慮して、アンティーブ半島を巡る海岸ルートかなぁ」

人懐っこいチェコ人の質問に、正平は到着前に日本で考えていた案を示した。

「そのショートコースは女性向けじゃないのか。せっかく日本から来たなら、もっとハードなのにしたらどうだ。あの辺は良いところだぜ」

何度かプロヴァンスを走ったことがあるという英国人は正平を焚きつける。南西方向の国立公園内を走りまわる距離六十キロ、獲得標高千メートルのルートのことのようで、他の人の脚力が判らず悩んだものの、断り切れずに彼はそうすることにした。

海外輸送は初めての経験で恐る恐る自転車を組み立てるが、幸い何も問題なさそうだ。

自己申告の脚力別に三グループに分かれ、夕方四時に総勢四十人ほどで出発する。正平は女性も数人混ざる最も遅いグループだが、もの凄いスピードで進んでいく。このまま最後まで付いて行けるのだろうかと、彼の心に早々と心配の種が芽生える。

左手には地上から初めて見る地中海。コート・ダ・ジュールの名の通り、アップダウンのある紺碧の海岸線をひとしきり走ると、十数人の小さな集団は北側の低い山へと続く細道へ離れ、国立公園の境界となる車止めを越える。突然そこに現れた屹立するような赤御影石の岩山に向かって登りだしてからの景色が圧巻だった。海を見下ろせるカーブの先には、赤茶けた岩が緑の樹々の上へといくつも聳えている。

「いきなり素晴らしい景色だよね。君はどこから来たの」

マッチ箱サイズの動画カメラで撮影しているアジア系の若い女性に正平は話しかけた。

「タイ人ですけど、ロンドンに留学中です。綺麗な海がずっと続いていて凄かったけど、この先の山や谷も素晴らしそうですよね」

ピンと名前を呼ばれているそのタイ人は大学生らしかった。

到着早々の三時間半の初ライドは眼に美しいルートで、彼に心地よい疲れを感じさせてくれた。

その夜の食事会は、ようやく空が薄暗くなり始める八時半からだった。クラブの創始者サイモンとツール・ド・フランスで総合優勝した英国人が熱く談話するのを、激しい時差ボケに襲われていた正平は時折り居眠りしながら至近距離で聞いていた。

翌朝レストランに行くと、既に昨夜一緒だった韓国人のグループが一番奥で食事中だった。正平は仕草で挨拶を交わし、前日に一緒に走ったケリーを見かけたので隣に座った。赤毛のあご髭を豊かに蓄えたスキンヘッドのケリーは五十四歳の英国人で、数少ない正平と同年代の参加者だ。ＩＴ会社経営のフレンドリーな人でプロヴァンスも初めてではない様子だ。脚力も正平と同じ程度で、自転車以外の話も良く合った。彼の左横にはパリ暮らしのドイツ人実業家とハノーバーからのドイツ人男性がドイツ語で話をしている。着席した正平は軽く手を挙げて挨拶した。見るからに逞しそうな彼らも、にこやかな表情で英語の挨拶を返してくれる。

しばらくケリーと話を楽しんでいると、正平の右隣にロンドンから来たという長身で短いブロンドヘアーの中年女性が座った。

「おはよう、私はロンドンから来たクリスティンよ。昨日は同じグループだったわよね。あなた、サミットに参加するためだけに日本から来たの？」

彼は前日のライドでの彼女の姿をよく覚えていた。決して速そうな感じではないが、長い脚で力強くペダルを漕いで男性陣と同じように走っていた。ライド中は寡黙な印象だったので、こうして彼女の方から話しかけてくれたのは意外でもあり嬉しくもあった。

「サミットのためだけに来たというと、他の人からも驚かれたよ。ロンドンのクラブからの参加者は多そうだね」

同じ英国人のケリーはマンチェスターからなので、彼女とは面識がないらしかった。「そうね、女性だけでも五人はいるわ。陽気なアレーダと一緒に旅をするのは楽しいしね。彼女みたいには速く走れないけど、プロヴァンスは初めてだから楽しみたいわ」


正平が二日目に選んだのは、美しい海岸線も山間部に点在する鷲の巣村も贅沢に巡る距離九十キロ、獲得標高一三〇〇メートル程のルートだった。ホテルの広場に集合して、チーフスタッフのアレーダから詳しい説明を受ける。異国の地での迷子や脱落は極力避けたいので正平は耳をそばだてるが、とても安心感が漂うブリーフィングだった。

正平は今日も遅いグループを選んだが、ライドリーダーのアレーダはもう一度みんなに念を押す。

「英国と違ってここでは右側を二列走行よ。前との間隔はコンパクトに。お互いにケアしてね。みんなのガーミンに地図データは入っているわよね。さあ行きましょう」

走り出してすぐに集団は小さな丘を越える。いかにも南仏の風景だ。最初に小休止を取ったビオットという丘の上の小さな町で、彼はもうプロヴァンスを感じて感激していた。みんなの顔にも笑顔が浮かぶ。

坂は厳しくはないが、遅れるとロータリー交差点で出口を迷って転倒やミスコースに繋がりやすい。そんな時に助けてあげたら誰もが嬉しいものだ。小太りのウエールズ女性は、迷わぬように必死についてくる。正平がパンクをした時には、オランダ人の男性が残って手伝ってくれた。光あふれるカーニュ・シュル・メールの海岸線を集団は二列になって走る。高級感は少ないが、まさに紺碧の海。これぞコート・ダ・ジュールという色と広さが印象的だ。福岡より少しだけ涼しく、雷雨の予想が外れてくれて幸運だった。明日からも快晴が続くらしい。

潮風を受けながら紺碧の海を堪能した後、いよいよ集団は北に見える山に向かう。それなりに速い速度で、標高四〇〇メートルまで順調に登っていく。積み木細工のような鷲の巣村や山の斜面に這うように建つ石灰色の家々が、いかにも正平が憧れた南仏の風景を見せてくれている。

「ショウヘイ、離れずに私の横を並走しなさい」

諭すような口調でアレーダがそういうものの、二列走行は日本人の彼には少し違和感がある。想定以上のスピードに息があがり、彼女に返す言葉も口をついて出ない。

スタッフが車で先回りして、ヴァンスの見晴らしの良い広場に昼食会場を準備してくれた。コーヒーはもちろん、昼食はかなり充実していて、大勢での大人のピクニック感が面白い。

「ショウヘイ、女性陣に負けずにもう少し頑張るのよ」

上り坂で次々に追い抜かれていた彼を励ますアレーダの声に、一同から大きな笑いが巻き起こる。多言語での会話も弾む良いコミュニケーションの時間になった。もうこの後に登りは少ないので、ホッとした表情もチラホラ見える。

ルート地図を見ると、有名な鷲の巣村であるトゥレット・シュル・ルーの付近を次に通るようだ。プロヴァンス全体に八十ほどあるという鷲の巣村。他国にも名の知れたグラースやヴァンスの町も元々は小さな鷲の巣村だった。

ローマ時代からあったとされる大きなアーチ橋。鷹の巣村としてひと際名高いゴルドンヌの村を、標高七五〇メートルの断崖の上に正平は眺めることが出来た。明日はあの崖の上の村まで登っていくのだと思うと、人知れず彼はワクワクしていた。


「参加しないの？」

ホテルに正平が戻ると、韓国女性のベッキーが声をかけてきた。二日目の夕方にRapha Championshipと銘打った短い距離のヒルクライムレースが少し離れた場所で企画されていたが、彼は翌日のビッグライドに備えて足を休ませておこうと思っていた。

「日本代表として参加しなきゃ。まだ若いんでしょ」

彼が最年長だと知っているはずなのに、横から姉御肌のアレーダも重ねてけしかける。

「わかった、出るよ」

本音とは裏腹に、彼は思わず口走ってしまった。

わずか一五〇〇メートルほどの距離なのに、二十秒遅れてスタートした後続の女性に正平は追い越されてしまう。今朝彼と一緒のテーブルで会話をしたクリスティンだった。

「シニアのハンデキャップはないのかよぉ」

平然と追い越していく彼女に、彼は苦笑いしながら文句を言う。

「いくつなの?」

「五十七」

「まだ充分若いじゃない。わたしは、＊＊サバイバーなのよ」

彼女に軽く切り返されてしまった。

しかし、何のサバイバーと彼女は言ったのだろうか。自分自身の荒い呼吸に邪魔されて、彼は＊＊を聞き取れなかった。


その夜の和やかな食事会が終わると、隣のラウンジに十数名が集まっていた。その多くは脚力に不安を抱える女性たちだった。アレーダたちスタッフが時おり厳しい顔を見せながら大きな地図を囲んで翌日のコースの再検討をしていた。スタッフが何やら説明しているのを、正平は聞き逃すまいと耳を澄ます。

メインイベントともいえる三日目のコースは、距離一六〇キロ、獲得標高三四〇〇メートルのビッグライド。彼はこのために時間とお金をかけて日本から飛んで来たと言っても過言ではない。が、昨日今日の状況を見れば、あのスピードで他のメンバーと一緒に走りぬくのは正直ハード過ぎる挑戦だと思えた。

良く聞くと、一〇〇キロのショートカットコースを今から急きょ作ると話している。

「付いていける自信がない人は、ショートカットコースの地図データを今夜アップするから、サイクルコンピューターにちゃんとダウンロードしてね」

話し合いの中心にいて、そう大きな声で伝えたのはアレーダだった。参加者たちの脚力や体力を見てそう決めたのだろう。中には落胆する人もいるだろうが、安全面を含めて合理的な判断に違いない。仮に途中で数名がドロップアウトすれば、スタッフの対応が難しくなる。

彼女の説明を聞けば聞くほど正平には無理に思えてくる。残念だが、明日は短い方で行くしかなさそうだ。

三日目の朝、時差ボケのせいか早く目覚めた正平は七時にレストランに向かった。九時半発のショートカットコースに参加すると昨夜決めていて少し早過ぎるくらいなので、まだ彼はジーンズにTシャツのリラックスした姿だった。

「せっかく日本から来たのに、ビッグライドには参加しないのか」

周囲にいた数人から正平に声がかけられる。

既にライドの準備を整えた多くのメンバーたちが集まり腹ごしらえをしている。その中に脚力が同じ位なタイ人女性の姿を見つけると、正平は急にドキドキしてきた。

昨夜アレーダの説明を食い入る様に聞いていた彼女は、その困難さを理解した上でビッグライドにこれから参加しようとしている。たちまち彼の心はかき乱された。

『それなら、俺だって……』

早々に朝食を切り上げ、彼は着替えのために急いで部屋に戻る。

なんとか出発にギリギリ間に合ったが、若い男性のコースディレクターは既にブリーフィングを終えようとしていた。

「今日は相当厳しいライドになるでしょう。自信がない人は、途中からでも短いコースに変更してください。そちらもアイアンマン・レースに使われる良いルートです」

少し聞き取りにくく、後で正平は彼に直接聞き直してみた。

「僕には無理だろうか？　日本から来たので、是非行きたいけど」

「正直、あなたは短いコースの方が良いと思います」

笑い方をどこかに忘れてきたような男は、丁寧な口調ながらも冷たく言い放った。

やりとりを横で聞いていた幹部スタッフのベンが、二人の問答に割って入る。

「まぁとりあえず走ってみて、もし無理そうだったら途中でショートカットすればいいよ。特別にクレージーなスピードじゃないし、一緒に行きましょう」

その言葉に背中を押されて正平は勇んで走り出したが、いきなりの高速走行に戸惑った。前日までの比では全くなかった。

わずか五キロ先の小さな坂を登り始めた途端に彼は遅れてだした。タイ人女性のピンも予想通り遅れたが、到底追いつけないスピードで三十人近いメンバーはどんどん先へと登って行く。遅い仲間を誰も待とうとはせず、その時点で正平の望みは早くも潰えてしまった。

彼には最初から難しいコースだったのだろう。そしてそれが欧州では普通のことなのだろう。最年長の彼に簡単に征服されるコースならば、世界中から集まったRCCメンバーにとって物足りない「サミット」になったはずだ。

結局、前日に仰ぎ見た標高七五〇メートル地点にある鷲の巣村ゴルドンヌで、待機していたコースディレクターからピンと正平は強制的に止められ、ショートカットするよう指示された。残念だが、集団に迷惑をかけるわけにもいかない。若いリトアニア人男性も同行するらしい。正平は若い二人と一緒に、残念な気持ちを切り替えて走り始めた。

途中でグレオリエールという小さな鷲の巣村に入り込んでみると、そこのカフェには三人のRCCメンバーが先着してコーヒーを飲みながら寛いでいた。

「おっ、君たちも来たのか？　あっちよりこっちの方が景色は断然いいんだぜ。俺たちは遅れたんじゃなく、わざわざこっちを選んだんだ」

自主的にショートカットしたと主張する陽気な中年男性たちだった。

イングランド人・スコットランド人・オランダ人・リトアニア人・タイ人・日本人。互いの貧脚を笑いあった六人は意気投合し、この先は最後まで一緒に走ろうということになった。確かに六人くらいがちょうどいいサイズ。互いに写真を撮影しつつ、時おり休憩しながらの気ままなグループライドは実に心地いいものだ。

景観も天候も最高に素晴らしかった。絶壁の縁の緩やかに登る道に次々と現れる岩をくり抜いたトンネル。ビッグライドは諦めたが、標高一二〇〇メートルほどを緩やかに上り下りしながらカーブを描く通称Ｄ２道路は、白い岩山の連なりや名も知らぬ鷲の巣村がユートピアの様な風景を見せてくれる崖の上の素晴らしい道だった。

この道路はニース発の世界的トライアスロン、アイアンマン・レースの自転車ルートの一部なのだと知ると正平の心は弾むように躍った。ちょうどこの日はゴルドンヌを巡る周回コースでのアマチュアレース大会が行われていて、正平らとは逆方向に数百人の選手たちが素晴らしい絶景の中を気持ちよさそうに競い合っていた。欧州、特に本場フランスのサイクリング文化の熟成をまざまざと感じさせられるシーンだ。

続くトラン道路は、見晴るかす丘陵地帯の美しい村々へ緩やかに幾度も曲がりながら降りていく。石積や丸太でこしらえた谷側のガードレールは、日本のそれに比べると無いに等しい。その自然と調和した人の手を感じる構造物という点がプロヴァンスの景観には大切な要素だが、勢い余って深い谷底へと転落したら命に関わりそうだ。正平はどう表現していいかわからないくらいの喜びの中で、他の五人においていかれまいと思い切りペダルを踏みこんでいた。

やがて坂道を下り切り、いにしえの「ナポレオン街道」に行きあたる。プレアルプ・ダズール自然公園にある小さな古い村で国籍が異なる六人は簡単に腹ごしらえをし、ナポレオン街道を皇帝とは逆方向に香水で有名なグラースの街に降りて行く。

そして興奮のうちに、落胆の後に続いた歓喜のライドはムージャンで終演を迎えた。

六人はホテルに戻り、ガーデンテラスで楽しいライドを止めどなく語り合っていると、一人また一人と、ビッグライドを終えた猛者たちが満足そうな笑みを浮かべて帰ってくる。その隣では、韓国女性のベッキーが五月の冷たいプールで歓声を上げながら誰かと一緒に泳いでいた。

明日は早くも帰国の日。夜になり参加者とスタッフを併せた総勢九十人は、二台の大型バスに分乗してカンヌのレストランに向かった。翌週からカンヌ映画祭が開催されるということで、海辺の街の至るところに華やかさが感じられる。

最終四日目のライドと帰国の準備、残された楽しみと過ぎゆく淋しさが交錯する不思議な時間。黄昏時の広い浜辺で、夕食会の前に思い思いの写真撮影会が始まった。クラブの創設者のサイモンと正平を今朝勇気づけてくれた幹部のベンの姿も見える。

「やぁ、ショウヘイ。今日は途中でいなくなったねぇ。ショートカットしたのかい」

「僕は五十七、最年長だからねぇ」

返事の代わりに正平が年齢を告げると、二人は目を丸くして派手に驚いていた。小柄で童顔の彼は、西洋人には若そうに写るようだ。

「まだまだ若いさ。これから人生を存分に楽しまなくちゃ」

「そうですね。非常に素晴らしい体験をさせてもらったので、これからは積極的に海外でのサイクリングを楽しみたいと思います」

「だったら、来年はエタップに挑戦してみたらどうだい」

「エタップ……、ですか」

「欧州には魅力的なサイクリングイベントがたくさんあるけど、日本からわざわざ参加するなら、まず第一はエタップだね。ツールに合わせて毎年ルートが変わるけど、私も五年連続でエタップには参加しているよ」

そんなサイモンの言葉に、ベンが真面目な表情で付け加える。

「その次は、マーモットだろうね。ガリビエ峠やアルプデュエズって聞いたことがあるだろ。そのまた次は、北イタリアのドロミテの大会へも出てみたらどうだ。景色も坂も素晴らしいぞ。イタリアで一番人気だ。六十歳を前に欧州ベストスリーを制覇できるよ。いつも挑戦し続けないとね。でもその前に、どんどん働いてお金を貯めなきゃ」

サミットの参加者たちはそれぞれが余暇を楽しむ達人のように正平には思えていた。

「それにしても、忙しい時間をやりくりして南フランスまでよく来てくれたね。次は十人の日本人参加者を期待しているから、ショウヘイ、宣伝をよろしく頼むよ」

第三回のRCCサミット、彼らは初めての日本人参加者を大歓迎してくれた。

陽が落ちて外が完全に暗くなった頃、波音が穏やかに聴こえるレストランで、サミット参加者たちの最後の晩餐がにぎやかに始まった。

≪一番遠くから参加してくれたで賞≫

七十人のうちで最も遠くから単独で、しかもサミットだけのために参加している正平を評価しての授賞のようだった。プレゼンターはチーフスタッフのアレーダ。今宵はノースリーブの黒いフレアワンピースでエレガントな女性に変身している。白いパンプスにはカンヌの浜の砂が付着していた。

「ショウヘイ、十分に楽しんでくれた？　来年またどこかで会いましょうね。次のサミットでも、あるいはエタップでも……」

彼女の口からもエタップの名前が出た時、正平は翌年のエタップへの挑戦を決心した。アルコールで顔を少し赤らめたアレーダは普段以上に妖艶でにこやかな笑顔だった。その頬に自分の頬を優しく寄せて、正平は満面の笑みでクリスティンが撮ってくれる写真に収まった。

「この前、ちゃんと聞き取れなかったけど、君は何かのサバイバーって言ったよね。あれ、どういう意味なの」

クリスティンは正平にニッコリと微笑む。

「そう見えないでしょうけど、彼女は乳癌のサバイバーなのよ。今年の秋にはチャリティーイベントを計画しているの、私たち……」

アレーダが彼女の代わりに教えてくれる。

「最初に治療して、もう四年が過ぎたわ。幸い、今は癌細胞とは無縁なの」

苦笑しながら話すクリスティンは、正平には健康そのものに見えた。

「日々進歩する医学のお蔭でこうして好きなサイクリングを楽しめているし、いつも勇気づけてくれるクラブの仲間たちにも凄く感謝している。だから私も若い癌研究者の役にたてないかなぁと思って、これから自分にできる活動を少しずつしていきたいの」

「へ～っ。僕は内科医だけど、全然そうは見えないね。治療して五年近いなら、もう安心できそうだね」

「あら、ショウヘイはドクターなの？　全然そうは見えなかったわ」

少し酔ったアレーダのおどけた言葉が、周りに大きな笑いの渦を巻き起こした。

少しだけ陰を帯び、ひとり冷静そうな態度のクリスティンが彼には印象的だった。


素晴らしい一夜が明け、最終日の短いライドも仲間になった人たちと楽しめた。

仕事のことが気になってしまうのではと出発前に心配していたが、予想に反して正平は日本のことをすっかり忘れてしまった。家族や患者のことまで忘れるなど想像さえしなかったのに、なぜか罪悪感の欠片すら彼は抱かなかった。

英語だけで過ごす時間と空間の心地よさ。部屋の窓を開けるとメンバー同士の会話が自然に聞こえてきて、滞在中にテレビを一度も見なかった。自由で大人を感じさせる余裕に満ちた集い。気軽な合宿の様などっぷり感がただよい、凄くリフレッシュできたと正平は感じていた。

ニース空港の出発ロビーで幾人もの参加者たちと手を振って別れを惜しむ正平は、心地良い気怠さを感じ楽しんでいた。いよいよ帰国するのかと思うと、楽しかった数日間の思い出が彼の胸に去来する。

そんなことは無理だとずっと自分で決めつけて諦めていた彼は、仕事をやりくりして思い切って参加して非常に良かったと感じていた。

今回は時間が無くて訪れることを諦めたモナコやマントンの街が、空の上から手に取る様に良く見える。またいつの日か戻って来ることがあるのだろうか。彼は得たものの大きさを感じながらも、そこに残したものに後ろ髪を強く引かれる思いがしていた。

第三章 想い出の地

――九か月前

第三章　想い出の地

九か月前

　秋分の日の今日も、村田正平は彼岸法要が営まれている京都東山にある寺院の墓地に眠る父親の在りし日を思い浮かべながら、いつもの祝祭日と同じようにクリニックで朝から仕事をしていた。

　年末年始やゴールデンウイークを含めて日曜日以外にクリニックを離れることは透析患者がいるために非常に難しいが、まだまだ残暑が厳しく、涼しい院内で一日を過ごすことは決して正平の苦にはならない。新型コロナが大流行していた頃は、休診日でもお構いなしに診察希望の患者から頻繁に電話がかかってきていたが、そんな時間外の問合せ電話も最近では稀になった。

　作業中のパソコンから、メールの着信を知らせる電子音が遠慮深げに鳴った。

　彼は二階の透析室で治療を受けている二十五人ほどの血液透析患者を一階の診察室でモニター管理しながら、提出期限が一週間後に迫っている医学雑誌へ投稿する依頼原稿の執筆作業をしていたところだった。

　開業医にとっての論文書きは決して楽しい作業ではなく、彼やクリニックの名声や収入増につながることもない。六十四という普通なら定年を目前にした歳になって、医療界に何か少しでも足跡を多く残しておきたいという老いから来る衝動が、どうせクリニックを離れられない彼に祝日の執筆を続けさせていた。

着信音がちょうど良い休憩のチャイムの様にも聞こえて、彼は執筆作業を一時中断することにした。

誰からも見られていないことをいいことに、彼はデューク更家のような大胆な仕草をしながら猫背になりかけた爺臭い背筋を無理やりピンと伸ばし、隣の部屋に置かれた冷蔵庫に無糖のアイスコーヒーを取りに行く。

「これしきの歩き方指南で、あのモンテカルロに家を買って住めるとは……」

抑えきれないヒガミとヤッカミが、時間貧乏の正平の頭に浮かんでは消える。

カカオ八十八%の小さな板チョコ二枚を手に取り診察机に戻ると、彼はメールボックスをクリックして開いてみた。

『休みの日に何だろうかなぁ〜』

なぜか自動的に「迷惑メール」のフォルダーに振り分けられたそのメールの送り主に、正平は心当たりがあった。きっと迷惑メールではないはずだ。

それはスポーツイベントへの参加ツアーを企画販売する英国の会社で、五年前にフランスで開催された自転車大会に参加した際に彼は一度だけ利用したことがあった。その後も昨年まで他の大会に参加しようと毎年申し込んだものの、新型コロナ騒動で直前にキャンセルせざるを得なかった会社からの案内メールだった。返金されなかった申込金は、四年間に三十万円を優に超える額になる。

既に還暦を過ぎた仕事漬けの男を美魔女が夢の世界へと誘うように、毎年何度かそのS社から主に欧州で開催される人気の自転車大会の案内が、その模様を知らせる美しい写真と一緒に送られてくる。

苦みが効いた板チョコを頬張りながら、迷惑メールから救い出したS社のメールを開いてみると、それは翌年七月に開催予定の「エタップ」ツアーの案内だった。

『あぁ、もうそんな時期なんだなぁ』

正平は小さく溜息をついた。

エタップは、フランスで開催されるプロ最高峰の自転車ロードレース大会「ツール・ド・フランス」に関連するアマチュアの大会だ。超一流のプロが約四週間に渡って繰り広げる本物のツールは、フランス全土を舞台に二十一のステージを闘いながら行われる非常に苛酷な大会で、日本でもその名は広く知られている。

その中でクイーンステージと呼ばれるような最も苛酷な一日分のコースを、プロと全く同じ条件で、途中の交差点や信号などで一旦停止することもなく道路を完全閉鎖して行われるのがエタップだ。そんな夢のようなステージを世界中から集まる約一万六千人のアマチュアに開放するという日本ではとうてい想像も出来ないような魅惑的なサイクリング大会だ。

公式サイトを通じて世界中から参加申し込みが可能だが、受付開始から数分以内に毎年完売してしまうほど超人気の大会なので、仮に参加登録ができたとしても、スタート地点近くのホテルの予約を希望通りに行うことは至難の業だ。

参加するには別の方法も用意されていて、それが大会主催者から公式に認可されているS社のようなイベントツアー会社の企画商品を買うというものだ。

正平が前回参加した別の大会La Marmotte Granfondo Alpes（マーモット・グランフォンド・アルプス）のように、大きな人気の大会は満六十四歳までという年齢制限がその苛酷さゆえにあるが、幸いエタップに年齢制限はない。正平は去年まで年齢制限のあるイタリアの人気大会Maratona Dles Dolomites（マラトーナ・ドロミテ）へ参加を申し込んでいたが、新型コロナと格闘しているうちに、今年はもう参加が難しい年齢になってしまった。もう戻って来ない、彼にとっての失われた四年間だった。

公式ツアー参加の場合、大会実施要項が正式に発表される一か月前までに仮予約すれば誰でも大会参加が確約されるが、少し割高な宿泊費や手数料などを支払うことになる。もしも十月下旬に正式発表されるコースに魅力を感じなかった場合など、少しの違約金を支払えばキャンセルすることが可能な点は彼には嬉しかった。

正平は初めてエタップに個人参加した際に宿泊施設の予約に難渋した苦い経験から、翌年はS社のツアーでグランフォンド・アルプスに友人の医師二人を誘って参加した。後輩が途中で失格してしまったが、今も色褪せない強烈な想い出であり続けている。

飛び込んで来た案内メールは、第三十二回となる来年七月のエタップのコースが十月二十五日に正式発表されることを告げていた。ツール・ド・フランスの全コースが発表されるのと同じ日だ。そのツールは六月下旬にイタリアのフィレンツェで開幕し、七月下旬にニースで幕を閉じることが既に決まっている。ツールで初めてイタリア人が優勝してから百年目を記念する百年振りのイタリア開幕も特別なら、パリ五輪の影響で恒例のシャンゼリゼ大通りでの最終レースと表彰式を初めて別の場所、南仏ニースで行うのも特別だった。

『とりあえず、仮予約をしておこう』

正平は申し込みサイトへ必要事項を書き込み、ポチっと決定ボタンをクリックした。そして少し安心したように、書きかけの原稿執筆に再び取り組み始めた。

いつの間にか福岡も随分と秋らしくなった。もう厳しい暑さに困ることもなく、正平は数週間前から週末になると美川市から西に広がる山地の奥へとサイクリングを楽しみ始めていた。まだ紅葉には早いが、谷あいの静かな道を標高を稼ぎながら走っていると、時折り寒いくらいの風を感じるようになってきた。

仮予約してからの一か月間には色々なことがあり、正平には文字通りアッという間だった。

十月初めにはノーベル生理学・医学賞が正平の古い友人であるK博士に授与されることが決まり、彼女の数少ない日本人の関係者として正平はテレビや新聞などの取材を幾度も受けることになった。約三十年前に撮影されたK博士と彼の若き日の研究室での写真が多くの人々の眼に触れることとなり、診療の際や日常生活の場面で、まるで正平自身がノーベル賞を受賞したかのような祝福を受けることも少なくなかった。

そんな中、ひと際熱心に正平の取材をしてくれた地元テレビ局の女性記者がいた。

K博士が受賞を逃した去年、正平は彼女を描いた小説をペンネームで出版していたが、それを記事にしてくれたN新聞社の記者から、興味を抱いた著者の本名や連絡先を少し前に得ていたという。

受賞が決まった瞬間、正平は顔も名も知らぬその女性記者から携帯電話で長時間に渡り突然の取材を受けた。その夜は他の報道機関からも取材の申込みが幾つも重なり、事情を察した彼女は「日をあらためて訪問して、詳しく取材をさせて欲しい」と言い残して電話を切った。喜びで朗らかに話す彼を取材するうちに、全国の系列テレビ局に少し長めの取材映像を配信したくなったのだという。

それから三週間後の昨日、実際に彼女は男性カメラマンを伴って美川ハートクリニックを訪れた。風もない爽やかな秋晴れの昼下がりだった。

電話取材の声質や話し方からどんな記者だろうかと正平は考えていたが、スラリと姿勢が良い長い黒髪の美しい眼をした女性だった。情報番組などにレギュラーで登場するアナウンサーではないようで、それまで正平は彼女の顔をテレビで観たことはなかった。

「あらためて村田先生のことを少し検索させてもらいましたが、先生は新型コロナウイルス感染症が日本に上陸した前後に、当社の他にも、ＮＨＫやＴＫＦなどの番組に何度も出演されていましたよね。アーカイブ映像を観ました」

「ご覧になられましたか。あの頃お話していたことは今も正しかったと思っていますよ」

「そうですね。先生は正直に本音で話をされるかただなぁと感じました」

三十代半ばであろうか、植松彩花と名乗る知的な雰囲気を漂わせた女性記者の手には、付箋紙がビッシリと貼り付けられた正平の書いた小説が二冊抱かれていた。Ｋ博士の小説と、その前年に彼が出版した新型コロナのクラスターに苦悩する医療や介護現場を描いた長編小説だった。

「こちらの作品も引き込まれるように読ませていただきました。恐らくほぼ事実が描かれているのでしょうが、私たちがうかがい知れなかった医療現場の凄い内容の小説でした。わたし、すっかり先生の小説のファンになりました」

きっとお世辞だろうと思ったものの、彼女のはにかむ様な笑顔と妙に落ち着いた他人を癒すようなその話し方が、多忙な日々に疲れを隠し切れないでいた彼の心を開かせた。

「好きなことを気が向くままに書いているだけの初心者ですからね。でも空いた時間や夜中などに妄想を膨らませて小説を書くのが最近楽しくなりました。次の小説も書き上げて、先日出版社に原稿をお渡ししたところです」

「本当ですか。凄くお忙しいのに、どこにそんなお時間がおありになるのでしょう。でも、楽しみですねぇ。発売されたらぜひお知らせくださいね」

植松記者は本当に驚いているようだった。

「よろしければ、後で連絡先を教えてください。恐らく春になると思いますが、本になったら植松さんにも差し上げますから」

三作目となる今度の作品は医療小説ではなく、ほろ苦い青春時代を中心に描いた初めての恋愛小説だった。眼の前の美しい三十代の記者が既婚か独身かはわからないが、仕事に夢中になって少し婚期を逃してしまう女性が大切な存在として小説に登場する。

「読ませていただいた小説にも少し描かれていましたが、村田先生はサイクリングがお好きなのですか。ここの幾つかのお写真はヨーロッパの景色みたいですね。フランスでしょうか？　日本の風景もありますね。こちらには九重と記されていますねぇ」

彼女は院内の壁面に何枚も飾られた自転車が写り込んだ風景写真を興味深げに眺めながら、正平に畳みかけるように尋ねてくる。

「えぇ、フランスです。日本のは丹野篤史さんという福岡在住の写真家の方の十年ほど前の作品です。院内に十枚ほどありますよ。この方は自分自身もサイクリストで、サドルの上からの視点で器用に素晴らしい写真を撮影されるんです。秋の九重の風景に溶け込んで自転車仲間とサイクリングした日を思い出します」

「わたしもここ数年、サイクリングを楽しんでいるんですよ。他の方々とは時間がなかなか合わせにくい仕事ですから、天気の良い日に行けそうなところまで、独りでフラッと」

「へ〜っ、記者さんもサイクリストなんですね。この写真はフランスのアヌシー湖の畔なんですが、以前ツール・ド・フランスのコースを走った時のものです」

「もしかして、エタップですか？　先生、エアタップに参加されたんですね」

彼女の言葉に、正平は驚きを隠せなかった。

彼の周囲にはエタップを知る女性は今まで一人もいなかったし、男性の自転車仲間にも詳しく実際を知っている人はいなかった。

「ええ、二〇一八年に参加しました。実は、来年も参加予約をしています」

「まぁ、それは素敵ですね。今度はどこを走られるんですか。ガリビエ峠などの有名な峠も含まれていますか」

「いえ、ルートが正式発表されるのは来週なので、まだどこを走るのかは全然わからないんです。でも、ガリビエ峠やイズラン峠やイゾアール峠などへは、五年前に別の大会へ出た時に行きました。植松さん、お詳しいですね」

「別の大会って？」

「マーモットっていうグランフォンドです。それはもう、どちらの大会も素晴らしかったですよ。記者さんもいつか参加されたら良いですね」

「とてもとても、わたしには到底無理ですよ。でも村田先生、本日はノーベル賞の取材で来させてもらいましたからそんな時間はありませんが、また今度、ぜひ仕事から離れてヨーロッパの自転車大会の話をお聞かせくださいね」

正平は久しぶりに胸がときめく様な不思議な感覚を覚えたが、その場では言葉にしなかった。

「さぁ、本来の取材を始めさせていただきましょう」

さっき初めて会ったばかりの植松彩花は、優しそうな笑みを正平に向けた。

紅葉が所々に始まった庭が見渡せる応接室で二時間近くに及んだ取材は、正平にとって思いがけずとても楽しいものになった。そして、二人は別れ際にどちらからともなく連絡先を教え合い、互いのＳＮＳをフォローする関係になっていった。

日本時間の今夜八時に来年のツール・ド・フランスの全情報が公式に発表される。現地時間で正午からツール主催者の公式サイトでライブ放送されるが、その際にエタップのルートと日程も公開されることになっている。

正平はツアー会社に仮申し込みをしているものの、正式発表から三時間以内に予約を確定させなければ、優先的な仮予約は取り消されることになっていた。

その夜も夜間透析の仕事で働いているからネット環境は問題ないが、彼のクレジットカードが海外サイトで使用制限されるなど、過去に困った事態を何度も経験していたので、毎年ハラハラドキドキする時間帯だった。

午後六時に忙しかった外来診療が終わり、公式発表まであと二時間ほどになった。

夜八時になると同時に、ライブ配信中の動画が会場風景からツール・ド・フランスの全二十一ステージのコース図を示す静止画に変わった。それから五秒もしないうちに、来年のエタップのコースが第二十ステージであることもアナウンスされた。

それは少し前からネット上で噂になっていたコースで、南仏のニースをスタートする山岳コースだった。距離は一三五キロと比較的短いものの、平坦な区間が全然ない、獲得標高が四六〇〇メートルに達する非常にタフなコースだった。超級峠こそ含まれないが、標高差が千メートルを超える三つの一級峠と、一つの二級峠が連なり、ほとんど平坦な部分が無い、まさにクイーンステージと呼ぶに相応しい難コースだった。

超一流のプロより二週間前に同じルートをアマチュアが走れる……。そんな喜びを胸に、仮予約をさっそく正式申込にすべく、正平はウエブサイトのホームページを開いて必要事項を記入していく。その入力の際に必ず質問され、どう回答するか毎回一番悩まされるのは、参加者自身の完走予想タイムだった。

このコースをツール・ド・フランスに参加する超一流のプロ達は全員四時間半以内に完走するに違いない。エタップの優勝者となるトップアマチュア選手は事実上のプロなので、彼らも軽々と五時間を切るだろう。

大会が定めた完走制限時間は約十時間。途中にも数か所の制限時間の関門があり、発走時刻によっては最初の関門の制限タイムが厳しくなる。速い選手の前に遅い選手が溢れて走行を邪魔しないようにする合理的な方法ではあるが、パンク修理に手間取るだけでもハラハラするだろう。それなりに練習を積んでいるとはいえ、たとえ絶好調の正平でも八時間以内は容易ではない。でもそれを正直に申告すると恐らく最終スタート時刻の集団に回され、ますます途中失格のリスクに晒されてしまうに違いない。無理して休暇を取りフランスまで渡って、わずか半分も走らず失格になってはたまらない。記念となる完走者メダルも受け取ることが出来ないのだ。

初めて参加した大会で正直に申告したところ、先頭より九十分遅れての最後尾スタートとなった苦い経験が正平にはあった。制限時刻は全員一緒なので、当然のように遅い発走者は途中失格になる可能性が大きくなる。なんとか前回は制限時間以内に完走出来てメダルを首にかけてもらえたが、あれから六年、今や六十五歳を目前にした正平にとっては容易なことではない。女性や初老の参加者にとっては少し厳し過ぎる仕組みだった。

本当の予想は良く見積もってもプロの二倍の九時間だが、彼は七時間以内に完走可能とサイトの質問欄に記入して申し込みを終えた。

出走者番号がメールで送られ手元に届くのは大会の直前だろう。脚力に不安がある彼は、少しでも早く少しでも前から発走したいと祈るしかなかった。

正平は離れて暮らす妻の真美子に電話をかけてみた。

「もう寝てたかい」

「いいえ、フランス語の授業の復習をしてたわ。珍しく電話なんかして、どうしたの」

「覚えているかなぁ、エタップのコースが発表されたんだ。だから急いで予約を確定しないといけないんだけど、一緒に行くよね？」

真美子は自転車には乗れないからイベント自体には興味を抱いてはいないが、もう二十年近くフランス語の授業を受け続けていて、夫とのフランス旅行をいつも夢見ている。前回のエタップがアヌシーで開催された時には二十年振りに二人で海外旅行が出来、フランス語を話す機会を得た彼女は生き生きと若返った姿を正平に見せてくれた。その後は新型コロナで海外旅行どころではなかったが、妻の満面の笑みを見たくて今回も誘ったのだった。

「どこに決まったの」

「ニースだよ」

「あ〜っ、残念だわぁ」

「えっ、コート・ダ・ジュールのニースだよ。行きたかったんじゃないの」

真美子の返事は正平には予想外だった。即座に行きたいと言うと思ったのに、なぜか残念だと彼女は嘆いた。

「もちろん凄く行きたいわよ、ニースもプロヴァンスも。でも、正平さんには黙っていたけど、両親の体調があまり最近良くないの。母は昨日庭で転倒して大腿骨の骨折だったの。明日、手術をすることになったのだけれど、寝たきりにならないようリハビリが上手く行くかどうか。きっと長くかかると思うわ。それに、父の方も糖尿病のせいで、色んな臓器や足に血行障害が出ていて、心臓や脳に少し危険な兆候があるらしいのよ。だから、前回の時みたいに安心して一緒に旅行に行く気分には残念だけどならないわ」

「そんな状況だとは知らなかった。ゴメン、一緒に心配してあげられなくて」

「国内ならば良いけど、フランスだし、正平さんのレースに影響が出たら悪いし。この数年のコロナ禍って、先が短い高齢者にとっては長すぎる残念な時間だったわよね」

「うん、そうだよね。子供たちも一緒に行くのは無理だろうねぇ」

開業医になって一度も家族四人で海外旅行をしたことがない正平は、二人の娘たちのことを思い浮かべた。嫁いでしまうとなおさら難しくなるだろうから機会をうかがっていたが、パンデミックのせいで計画がつぶれた四年前のことを想い出す。

「きっと無理よね。娘たちは二人とも医師不足や働き方改革のあおりでつらそうよ。女性医師が専門医取得し維持するのは出産や子育てもあるから大変よね。二人とも真面目過ぎるから、精神を病んだり過労死しないか、いつも私は心配しているのよ。また後輩の先生でも誘って一緒に行ったら?」

興味がありそうな後輩や友人には先に声をかけてみたが、同じ時期に大きな学会や研究会があり、どうしても参加は難しそうだった。

「両親のことが心配だと旅行も楽しめないだろうからね。……、わかった。代りにまた二人で初夏の由布院温泉にでも行こうか。ちょうど大会前に由布院をベースに九重高原で最終トレーニングをするのも案外いいかもしれない。せっかくだから、六月下旬の週末に亀の井別荘に予約しておいてくれないかな」

そう頼んで、正平は妻との電話を切った。

ほんの一瞬だけ、先日知り合ったばかりの植松彩花の笑顔が思い浮かんだ。

「バカな……」

小さく独り言をつぶやいた正平は、眼を閉じてゆっくりとがぶりを振った。

第四章

ステージ4

――八か月前

第四章　ステージ4

八か月前

クリスティンをＲＣＣサミットへ誘ったのは十二歳も年下のアレーダだった。そしてそれは、彼女がＲＣＣのメンバーになって最初の、そして最も思い出深い体験の一つとなった旅でもあった。最初の癌治療から五年が経過しておらず、心の奥底に乳癌の再発や転移のことを彼女が気にしながら健気に生きていることをアレーダはいつも感じていた。

アレーダがマネージャーを務めるクラブが昨年度から新たに始めたＲＣＣサミットの次回の開催地がコート・ダ・ジュールに決まった時、彼女は誰よりも先にクリスティンをその旅に誘った。雨が多く夏でもヒンヤリとする日も少なくない気候のロンドンを離れて、仲の良い自転車仲間と一緒にプロヴァンス地方で三泊四日のグループライド体験をすることは、悩みを忘れて心から楽しく過ごせる夢のような時間になると思ったからだった。

「一緒にプロヴァンスへ行かない？　素晴らしい計画を練っているのよ」

その魅力的な誘いを聞いた時、彼女は即答できるほど自分のことに自信を持てないまま暮らしていた。体調がすぐれないわけでもなく、仕事や経済的な理由でためらう必要もなく、ただ単に乳癌とうまく付き合えない自分自身をもどかしく感じていたからだ。

「仕事の都合などもあるから、週末までに返事をするわね」

既に彼女の気持ちは決まっていたが、念のため担当医に相談するつもりだった。


「迷うことは何も無いわ。コート・ダ・ジュールは私も大好きな場所よ。今すぐにでも飛んでいきたいわ。羨ましいわねぇ」

いつも朗らかな表情で応対してくれる女性の担当医からの答えは予想通りだったとはいえ、彼女にとって嬉しいものだった。

「今のあなたの身体の中には癌の兆候は見当たらないし、プロヴァンスの爽やかな天候と同じく晴れ晴れとした気持ちでサイクリングだけに浸りながら数日を楽しく過ごすことは心と身体の健康にも役立つでしょう」

その日のうちに、彼女はアレーダにサミットへ参加することを伝えた。

「良かったわ、クリスティン。五月中旬は過ごしやすい季節のはず。カンヌの映画祭やモナコグランプリの直前なのよ。待ち遠しいわよね」

クリスティンが無邪気に嬉しそうな表情を見せるのは久しぶりだった。

最初に乳癌と診断された日のことをクリスティンはよく覚えている。まだ彼女が四十歳、サミットの四年ほど前のことだった。左の乳房に小さな石のように固いしこりがあることに彼女は自分で気がついていた。ホームドクターの紹介状を手に、彼女はロンドン市内のインペリアル病院を受診し、詳しい検査の後に担当医から悪性の乳癌であるとの説明を聞いた。

「癌病変の摘除手術後に化学療法を行います。副作用で苦しいかもしれません。予後に関してですが、残念ながら現在よく行われている治療法では三割程度の方に五年以内の再発が報告されています」

気の毒そうに話し始めた担当医は、その言葉の後で明るく表情を変えて説明を続けた。

「まだ治療効果は確立されていませんが、私たちの乳癌研究グループも再発や転移の抑制効果があると大いに期待している幾種類かの治験薬などもあり、恐らく数年のうちに使用できるようになりますよ。若い有能な大学院生たちも必死に癌の新たな治療法を研究しています。きっと大丈夫です、希望を持っていきましょう」

彼女は失意の中で苦悩し続けるつもりはなかった。五年後、十年後も元気に自転車で世界中を走り回る自身の姿を思い浮かべ、少しだけ頑固な性格に育ててくれた両親を思い浮かべた。

仕事優先の生活の中で独身だった彼女は、その晩に両親へ自身の病気と治療への考え方を報告し、思い立ったが吉日と、翌週に自分自身を信じて乳房切除術を受けた。もちろん、四十歳の彼女にとってそれは悲しくつらい選択だった。

それ以来、早すぎる死の可能性を彼女が意識しない日はなかった。仕事の顧客たちに無用な心配をかけないように気遣いつつ、最初の半年ほどは非常につらい化学療法の副作用を幾度も経験していた。これも担癌患者が耐えるべき当然のことだと受容する気持ちにもかかわらず、烈しく揺れる波に翻弄されて塞ぎ込むことも少なくはなかった。

そんな潰れてしまいそうになる傷ついた彼女の心をいつも支えてくれたことの一つが趣味のサイクリングであり、毎週のように一緒に走るRCCロンドンの仲間たちだった。

「つらい化学療法も先週で終わったわ。あんなに心が折れそうになったことはこれまで経験したことはなかったけど、あなたたちが支えてくれたのよ。みんな、どうもありがとう。あと数年もすれば、副作用の少ない新薬を試してもらえるらしいの」

幸い、その後の治療経過は担当医も驚くほど非常に良好に推移した。体調はもちろん、心がやや軽くなり、前向きの気持ちをまた抱けるようになったことが自分自身でも感じられた。

彼女はワークライフバランスをできるだけ大切にしたいと、RCCの仲間たちと一緒に日々の暮らしの中でサイクリングを楽しむ時間を徐々に増やそうとしていた。時には乳癌に罹患したことを忘れてしまうほど、良き仲間たちとの時間に夢中になっていった。

アレーダが彼女をコート・ダ・ジュールのサミットへと誘ってくれたのは、ちょうどそんな時期のことだった。乳癌完治の目安となる術後五年の日まで、あと一年ほどに迫っていた。

五月に開催されたプロヴァンスでのRCCサミットから約五か月が経過したある秋の日、クリスティンは何か自分にできる意義あることを無性にしたくなった。

「ねぇ、乳癌患者をサポートするイベントが近くパリであるらしいの。一緒に参加して私も気持ちを共有したいの。大好きな自転車でパリへと向かうことで、その気持ちが周囲に伝われればと思うのよ。どうかしら、一緒に走ってくれないかしら」

クリスティンはダメで元々と、クラブの仲間に温めていた計画を伝えてみた。

「面白い案よね。RCCとしても協力したいわ。私からもメンバーに声をかけてみる」

共感したアレーダがクラブのメンバーに声をかけると、賛同した二人を加えて、すぐに四人の旅の計画が具体的に動き出した。

二週間後、彼女はアレーダを含む三人の自転車仲間でロンドンからパリまで、途中ドーバー海峡を船で渡りながら数日をかけて自転車で走り切った。乳癌患者をサポートしたいという気持ちもさらに大きくなった。

同じ悩みを抱きながら強く生きて行こうとする世界の女性たちを応援するとともに、自らも癌サバイバーとして生きる勇気をもらいたかったからの行動だった。それに共感してくれたロンドンの自転車仲間の女性たちの励ましには感謝の言葉しかなかった。

「ねぇ、毎年やりましょうよ。来年の秋は、パリから次の都市へ走り切るってどうかしら。例えばオランダのアムステルダムまで自転車でまた一緒に走るとか。出来ればもっと多くの仲間たちとね」

「いいわねぇ」

「ワン・モア・シティ（ＯＭＣ）って名付けたらどう？」

誰からともなく声があがり、朗らかな笑い声がその場を優しく満たした。

癌患者が治療を受け、やるせない副作用に苦しみ、定期的に検査を受け、また新たに現れる悩ましい問題を一つ一つ克服していく……という病気と向き合うその様が、一つの都市から次の都市、そしてまた次の都市へと、苦労しながらも希望を持って少しずつ自転車で先の目標に向かって進んでいく様にとてもよく似ていると誰かが言い出した。

最初に言い出したのが誰かは、四人全員がパリのレストランで美味しいお酒に酔っていたので定かではないが、苦労して辿り着いたパリの街で、決して小さくない夢を女性サイクリストたちは夜更けまで語り合った。

その年のクリスマスが終わり、また新しい年が巡って来て、乳癌の再発や転移が多いとされる治療後の五年間がもうじき過ぎようとしていた。

今度の七月にはアレーダに薦めてもらった大きな自転車大会への初めての参加を控えている。一度は参加してみたいと前々から思っていたエタップという大会だ。今年はフランスのアヌシーをスタートするコースをプロと同じように走るが、もちろんプロの二倍以上の時間がかかるにちがいない。

『四十代半ばで乳癌サバイバーでもある私には少し苛酷過ぎる大会かもしれない。だからこそ、体力が許す限り挑戦したい……』

彼女の不安は希望によって上書きされる。

春まだ浅く肌寒い空の下であっても、五年を境にきっと気分はどこまでも晴れやかに解放されるだろうと、クリスティン自身も、そして彼女の友人たちも誰ひとり信じて疑わない二月初旬の頃だった。

夕暮れが早いロンドンのトラファルガー広場に近い通りを彼女が自転車に乗って仕事先からソーホーの自宅へ帰ろうと進んでいると、急に辺りが真っ暗になり、全ての音が彼女の周りから消えていった。そして突然、彼女は予期せず救急車の人となった。

救急車を呼んでくれた目撃者の話によると、地面に倒れた彼女は意識を失ったまま小さく痙攣を繰り返していたという。

　数時間が経過し、搬送されたインペリアル病院の小さな部屋の白いベッドの上でぼんやりと目覚めた時、乳癌治療からようやく五年間の観察期間を終えようとしていた彼女に思いがけない話が担当医から伝えられた。

「今回の意識消失と痙攣発作は、恐らく転移性脳腫瘍のせいでしょう。前回の乳癌原発巣の治療から既に五年近くが経過していて、このタイミングでの転移というのは比較的珍しいのですが、骨にも腫瘍を強く疑う所見があるので原発性の脳腫瘍ではなく、やはり乳癌の転移だろうと考えられます」

　彼女はうまく状況が把握できなかったが、冷静に画像検査の結果を提示しながら説明をする担当医の言葉を決して否定できないことに気がついた。

『ついに、ステージ4の世界に来てしまった……』

　どんなに嫌でも、彼女は昨日までとは異なる残酷な現実を受け入れるしかなかった。

　従来の化学療法に付きものの副作用の苦しみは五年前に嫌というほど経験していたので二度と体験したくなかったが、朴訥ながらも前向きな性格が、この先も強く生き続けることを彼女に求めていた。病室のベッドに独り静かに横たわる彼女の眼からとめどなく涙が流れ続けた。

翌週の後半、脳腫瘍の摘出手術を無事に終えたクリスティンは、美しいブロンドの髪を丸坊主にした頭を誇らしげに見せながら、心配そうに見舞いに訪れる多くの友人たちとにこやかに話せるまでに回復していた。

「どうかしら？　このヘアスタイルも私に似合うでしょ。外を歩くときに少し寒いかもしれないけどね」

そう言って、彼女は気の毒そうに病室を訪れた友人たちに笑顔を振りまいた。

「エタップもこのヘアスタイルで出場しようかしら。暑さ対策にもなるし、速そうでしょ」

乳癌の脳や骨への転移は遠くない将来の死を強く意識させるほどの衝撃を患者に与えるだろうが、彼女が見舞客の予想を覆すほどに明るかった理由の一つは、術後に担当医が示してくれた新しい治療法だった。

既に癌細胞は脳と骨に到達し、いずれは肺や他の臓器に転移していきながら彼女の身体を次第に蝕んでいくことは想像に難くない。

失意のクリスティンに提示された治療法は依然として治験段階の内服薬であった。癌治療薬の新しいカテゴリーである分子標的薬の一つで、この時点では英国のみで試すことができる新薬だった。化学療法に比べて相当軽度な副作用出現率だという。このパルボシクビルという新薬は彼女が運ばれたこの病院が開発と治験の中心となっており、治験段階であることを十分に理解し試用することを望めば、すぐに処方開始が可能だった。

望みを託す分子標的薬の恩恵を転移性乳癌患者の誰もが必ずしも受けられないことを知り、複雑な想いながらも彼女は自身の運の良さを素直に喜んだ。そして少しも迷わず、喜んで治験の被験者になりたいと若い女性の担当医に伝えた。

病院から家に戻って初めての夜、彼女は静かな部屋で入院中の怒涛の日々を振り返った。挫けそうな心を救ってくれたのは家族や友人たちの温かなサポート。会いに来てくれたみんなに祝福され愛されていると感じたことは、信じられないほどの喜びを彼女にもたらしてくれた。

退院して五日後、彼女はＲＣロンドンのクラブハウスの扉をゆっくりと押し開いて中へと入った。素晴らしいサイクリングコミュニティの仲間たちに感謝の笑顔を披露したかった。

「お帰りなさい。すっかり元気そうに見えるわね。その髪型のせいかしら」

さっきまでの笑顔が歪み、溢れそうになる涙を必死にこらえるクリスティンに、仲間たちの温かな視線が集まった。

笑いたくても笑えない。嫌でも涙は勝手に溢れ出てくる。言葉を忘れてしまったかのように彼女の唇は動かない……。

人の輪の中で静かな時間がしばらく流れ、ようやく震えるような彼女の声が聞こえてきた。

「わたし、約束通り戻って来たわよ」

拍手が誰からともなく始まった。

「みんなで首を長くして待っていたわ。どう、また走れそう？」

「当り前よ。だって、心臓と肺と足は全くどうもないのよ。頭だけは少し悪くなったかもしれないけどね」

お茶目な性格は変わっていないようだった。

「良かった。ゆっくり体調を整えてから、みんなで一緒にエタップへ向けてのトレーニングを再開しましょう」

ＲＣＣロンドンからも十人以上が四か月先のエタップへ参加登録を行っていた。

「エタップはもちろん楽しみだけど、ひとつお願いがあるのよ、アレーダ」

「なにかしら。お金を貸してとか、男友達を紹介してっていうのは無理よ。私だって欲しいんだから」

その言葉を聞いて、クリスティンにいつもの笑顔がまた戻った。

「去年の秋にロンドンからパリへと走ったときに、みんなで話したのを覚えているかしら。また次の年にもパリから別の都市へと走ってみないって？」

「ええ、もちろん。もしやるなら私も協力するわよ」

「きっとそう言ってくれると思っていた。ありがとう、アレーダ」

ステージ4という現実と向き合いながら入院中ずっと考えていたことを実現させたいと、クリスティンはその具体的な計画案を仲間たちに語りだした。

「主治医に勧められて、全く新しい治験薬の服用を私は始めたの。まだ長期的な効果は分からないけど、癌が再発してしまった私のような患者には大きな希望なの。医学は日々進歩を続けているけど、若い研究者たちの頑張りがとても大切らしいの。私はそんな大学院生たちが癌研究に不安無く取り組めるよう経済的支援をぜひしてあげたいのよ。それに、再発癌に苦しむ人々が身近にいることを啓発する意味も一緒に込めてね」

その顔から笑顔は消えたが、悲しみの欠片もそこには見当たらなかった。

「なるほどね。で、どうしたいの」

「去年パリで話したように、都市を次々につなぐような自転車の旅を、チャリティライドとして毎年やれないだろうかと思ったの。あの日誰かが言ったように、ワン・モア・シティ（OMC）という名前を付けてね」

クリスティンの真剣な眼差しに、クラブの仲間たちは彼女の本気度を理解した。

「チャリティライドって、クラブ代表のサイモンが自閉症の子供たちを支援するために寄付サイトで資金を募って、ロンドン～マンチェスター間を往復走行するような苛酷なライドイベントを行うみたいなこと？　苦悩の先の栄光……って、ラファの代表的な理念だものね」

「そうね、そんな感じ。癌患者は治療後も常に様々な苦難に遭遇するけど、病気と上手に付き合いながら暮らしていかざるを得ないの。それが最期の日までずっと続いていくわけ。立ち止まったり、引き返したり、二つの道を同時に走ることも出来ないの。厳しい坂や峠道もあるし、舗装されてない苛酷な道もある。迷いそうになることもあれば、パンク修理をして走り続けることもある」

彼女の熱意ある言葉を聞き逃すまいと、周囲の誰もが静かに耳を傾けた。

「そんな感じが、癌治療、特にステージ4の再発癌や転移癌の患者の日々の生活に凄く似ていると私は感じているの。挫けそうな気持になることも少なくないと思うわ。だから、そんな自転車旅を支援者とともに走りながら、共感してくれる人々からの寄付を集めて、それを若い癌研究者たちに支援できれば……と考えたの。どうかしら、協力してくれるかしら」

「良いわねぇ。ネバーエンディングな自転車旅ね。サイモンの自閉症児支援の計画も毎年実施出来ているから、きっと乳癌研究者支援の計画もうまく行くと思うわよ。いえ、きっとうまくいかせてみせるわ。ねぇ、みんな?」

こうして、毎年秋に「ワン・モア・シティ・チャレンジ」という名のチャリチィライド計画が具体的に動き出した。第二回目となる今年の秋は、前回到着地のパリからアムステルダムへと、RCCの仲間たちを中心に三日間をかけて走ることになり、話を聞きつけ参加を申し出る仲間が数日のうちに十五人を超えていった。

リハビリテーションとともに春を過ごし、トレーニングで初夏を乗り越えた彼女は、RCCロンドンの仲間たちとともに遂にエタップ当日を迎えた。幸い彼女の体調は非常に回復し安定もしていて、骨の痛みや悩ましいめまいが現れることも今はない。

初めて経験する一日で一七〇キロを超える距離と、四三〇〇メートルを超える総上昇の難しいコースを、彼女は何度も不安を覚えながらただひたすら車輪を回して乗り越えた。そして、苦痛を喜びへと見事に変えてくれるフレンチ・アルプスの壮大な魅力に圧倒された。英国では経験できないコース上の素晴らしい景色とその乗り越えるべき苛酷さが、辛い癌治療を乗り越えた彼女をエタップの虜にした。

『ワン・モア・シティとエタップを毎年完走することこそ、私が私でいられるかどうかを感じられる大切なもの……』

癌サバイバーとしての新たな目標を見つけた彼女は、支えてくれる仲間たちとともにペダルをしっかりと回して前に進み始めた。

二〇二〇年に始まった新型コロナウイルスによるパンデミックでエタップが中止された年があ

ったものの、クリスティンはこれまでに四回のエタップを完走していた。免疫力に不安がある彼女は担当医の助言に従いながらトレーニングを行っていたが、感染が猛威を振るって屋外活動が制限された時期には特につらかった。いずれの大会も非常に厳しくチャレンジングなコースであったものの、走り終えた時の充実感は言い表し難い多幸感を彼女にもたらしてくれる。

来年、二〇二四年のエタップはRCCサミットでも思い出の地である南仏のニースを出発する大会で、彼女は先週仲間と一緒に参加申し込みを完了していた。今回も予約サイトを通じての参加登録が手に汗握るほど凄まじい競争率で、毎度のことながら出場権を予約できた時は思わず興奮してしまう。

クリスティンは毎年恒例になったワン・モア・シティも先月末に第七弾を成功させることが出来た。今回はドイツのミュンヘンからイタリアのヴェネツィアへの旅。オーストリア・アルプスや北イタリアのドロミテ山塊を越えて明るいアドリア海を見た時には到達感が一瞬浮かんだが、彼女らの旅がまだ終わることはない。

マスコミが活動を取り上げてくれることもあり、乳癌研究者支援のための寄付金も予想を超えて集まった。ここ数年の参加者は四十人前後と初回の十倍にまで増えていて、彼女は早くも来年の第八弾の計画を練りだしている。

加えて、来年秋には欧州から米国へと新たにワン・モア・シティは活動の幅を広げようとしている。彼女らの活動に共感したＲＣＣサンフランシスコのサイクリスト仲間たちがＲＣＣロンドンへ協力を申し出たことで、四百人規模のワンデイ・チャリティライドの開催が可能となりそうだ。

「良かったわね。来年はカリフォルニアに私も一緒に行けるといいなぁ」

「ＲＣＣサンフランシスコへ話をしてくれたあなたのお蔭よ、アレーダ。ありがとう」

「でもね、来年はパンデミックも明けて九月に南フランスでＲＣＣサミットも再開するつもりだから、やっぱり同じ時期のサンフランシスコへは無理かも……」

十一月に入り、英国では冬支度が始まろうとしている。

今後の様々な計画が内定しているクリスティンは心穏やかに過ごしていたが、定期健診で三ヵ月ぶりにインペリアル病院を訪れた。体調はすこぶる良く特に気になるところはないが、約半年ぶりに胸部のＣＴ検査も予定に組まれている。

「こんにちは。体調はどう？　ＣＴ検査の結果が出てから説明しますね」

元気そうなクリスティンの表情を見て、担当医は明るい声でそう言った。

二〇一八年に脳と骨盤に転移が発見されステージ４の仲間入りをしていたものの、この五年半は新薬のおかげか、特に気になる所見も認められずに彼女は毎日を過ごすことが出来ている。最初は治験薬として服用を開始した薬は、再発や転移の予防効果が他の患者でもかなり良いらしい。最初に乳癌が発見されてから早くも十年近い歳月が過ぎているが、生き甲斐にもなっている自転車生活を他人も羨むほど十分満足に楽しめている。

全ての検査を終えて診察室へと呼び入れられたクリスティンは、一転して重たい表情をした担当医と対面することになった。

「少し問題が見つかってしまったわ。ここの二つ並んだ白い部分……、判るかしら？　大きくはないけど、新しく左肺に腫瘍が認められるのよ。恐らく乳癌の転移巣だと思われるわ」

クリスティンの顔を時おり見ながら担当医は静かに、そしてはっきりと病態の説明をする。彼女の指差す前にはモニター画面上に示された左下肺野に並んで存在する二個の直径一センチほどの白く丸い所見がハッキリと写っている。

「癌の肺転移にほぼ間違いないんですね。新薬は五年以上も良い状態をもたらしてくれてましたが、もうこれが限界なのでしょうか」

そう尋ねるクリスティンの表情はどこか他人事のようで、いつもの笑顔も忘れてしまっていた。

「あの薬では抑えきれない病変が出て来たのかもしれません。ですが、これ自体は放射線治療で恐らく治療可能だろうと思います」

「なんとか治せそうですか？　例年通り来年も夏から秋にかけて、色々とサイクリング関連のイベントがあるんです。すぐに治療に専念したとして、大きな自転車大会がある半年後までには現状の体力に戻れるでしょうか」

「毎年参加されているあのフランスの大会ですよねぇ」

担当の若い女性医師は、癌サバイバーであるクリスティンと検診日の帰り際にサイクリングの話をするのが好きだった。

「ここの部位の治療だけなら普通は間に合うと思います。ただ、放射線による治療後には肺が部分的に強くダメージを受けて固くなり肺活量が低下することがあるので、長期間のリハビリが必要になる場合があります。まずは他の臓器にも転移がないかどうか、念のためにPET検査などで調べてみましょう」

窓の外で色づいた枯葉が舞い散るのに目をやったクリスティンの表情が少し曇り険しくなった。

「わかりました。まだまだ諦めるつもりはありません。私は走り続けたいです。必要な治療をぜひよろしくお願いします」

クリスティンは担当医の眼を見つめながら願いを伝えた。

「お金のことは大丈夫、公費負担とあなたが加入している保険でカバーできます」

女性医師は、悲嘆にくれているだろう年上の女性を優しく励ますように話しかける。

「でも……、今年のコースは特に厳しくてねぇ。もう若くはないし、こんなオバちゃんでも大会前のトレーニングは果たして間に合うかしら」

　クリスティンは気遣う担当医に茶目っ気たっぷりに精いっぱい笑ってみせた。

　六年前に乳癌ステージ４患者として悪夢と向き合い始めた彼女は、今では誰もが驚くほど精神的にも強くなり、悩ましい癌との新たな戦いに挑もうとしていた。

第五章

七年の歳月

――五か月前

第五章　七年の歳月

五か月前

　華やかな早春の幕開け。慎ましやかな明るい陽光が辺りに溢れ出し、時おり吹きつける寒風でさえ不思議と柔らかに感じられる。村田正平が一年で最も好きな季節の一つだ。週が変わるごとに日没が徐々に遅くなり、仕事を終えて疲れきった気持ちまで明るくさせてくれる。

　美川ハートクリニックから程近い彼の自宅の庭では、今年も梅の花が静かに咲きだした。池のほとりで慎ましやかに咲く可憐な移白《うつりしろ》。玄関の横で伸びやかに枝垂れ落ちる本紅《ほんべに》。座敷の北を流れる堀割の岸にひっそりと咲く口紅《くちべに》。西に向いた居間の窓の外には堂々と咲く移紅《うつりべに》。いずれも、手間暇をかけて正平の父親が大切に育てていた梅の古木だ。あと数日もして三度目の命日がめぐりくれば、ひとつ残らず思い出したように満開となるだろう。

　後にノーベル賞を手繰り寄せた新しいワクチンが日本で供給される直前のことだった。あの恐ろしい感染症で正平は父親を亡くし、多くの身近な患者の最期を悔しい思いで次々と見送り続けた。彼自身も介護施設内クラスターへの対応の過程で不覚にも感染し、自らも生と死の境を数週間さまよった。父親の死の報せを、入院していた彼は病室の窓の外に舞い散る雪を見ながら伝え聞いた。臨床医としての無力感と医療行政が内包する理不尽さに心が折れそうだったあの日々のことを、彼は終生忘れないだろう。

深い悲しみに満ちたあの日から三年の歳月がいつの間にか流れ、ほとんどの国民と同じようにそれまでの生活は一変していたが、美川ハートクリニックを四年前から覆っていた暗い緊張感が漂う雰囲気は、最近ようやく明るさを取り戻し始めていた。

「院長先生、今日はどこまで走りに行くんですか。けっこう風が冷たそうですよ」

土曜日の外来診療と透析管理の時間が昼過ぎに終わるやいなや診察室内でいそいそとサイクリングウエアを着始めた正平を見て、看護師の萩尾菜摘が無邪気に問いかける。

若い菜摘は、院長の正平とは親子ほど年齢差がある。四年前に入職して以来、新型コロナに悩まされ続けたクリニックの重苦しい雰囲気を、彼女の天真爛漫な天賦の才能がなんとか明るくしてくれていたと、正平は彼女に密かに感謝していた。

「あと四時間ほどで日が暮れるから、星野村あたりかなぁ。往復で八十キロ。日陰だと結構まだ寒いし、風もありそうだからね。アソコが凍えて縮んでしまうし」

「それって……、きっとセクハラですよ。看護師長に叱ってもらいますよ」

怒った声色だったが、眼の奥は笑っている。

「ゴメン。師長さん怖いから、なんとか穏便に……」

開院当初から働いている看護師長の江崎留美には全く頭が上がらない正平だった。

菜摘は、してやったり……という表情で笑いをこらえている。

「第十波も一段落して来ましたよね。肺炎になる患者さんはほとんど今はおられないし。最初の頃は重症肺炎で入院したり亡くなる方がたくさんおられて怖かったですけど、もうこれで最後の波にして欲しいですよねぇ」

ワクチンが登場する前、美川ハートクリニックが関係する透析患者の死亡率は感染者の二割を超えていた。併設する介護施設内で多くが亡くなる恐ろしいクラスターを経験した幾人かのスタッフは、精神的にも限界を感じて悩みながら辞めていった。

「最初の一、二年は確かに地獄だったからねぇ。もう二度と経験したくないけど、忘れた頃に隣の国から変なのがまた登場するんだろうね」

「今年は年明け早々、よく走られていますよね。去年までと、かなり違いますよね」

「そうかなぁ」

七月の渡仏の件を職員の誰にもまだ話していない正平は、それ以上の詮索を避けるようにとぼけてみせた。確かに最近は指摘通りだが、彼女が入職する前の正平は、たとえ悪天候でも暇を見つけては自転車とともに過ごす生活に明け暮れていた。

今ではもうそんな冒険心は起こらないが、新型コロナが中華人民共和国から流入してくるまで、正平は北に聳える脊振山に真冬でもよく走りに行っていた。澄んだ冷気の遥か向こうの頂に、白く輝く防空と気象のレーダーが浮かんでいる福岡と佐賀の県境の山だ。近そうに感じるものの、直線で三十キロも先の白い球体。中腹から上には未踏の雪が積もり、標高一〇〇〇メートルの山頂まで到達できるチャンスは小さいが、還暦前の正平は寒気を裂いて下ることも苦ではなかった。

「君は還暦前の僕を知らないからねぇ」

「知っていますよ。相当なデブだった先生が患者さんに食事なんかの生活指導しても笑われて聞いてもらえなかったんでしょ」

「なんじゃそれ、ひどい噂話だなぁ」

ほぼ本当のことだったので、正平は本気になって否定できなかった。

「痩せてからなんだけど、土日はいつも自転車でどこかに行ってたよ。土曜の午後二時に仕事終わってすぐに出かけて、日曜の深夜か月曜の早朝に帰ってきてそのまんま仕事に入るような自転車中心の生活ばっかりしてた。あの頃は楽しかったなぁ」

「土曜の午後から日曜って、例えばどこ行ったんですか」

「一番遠くは宮城県の石巻かなぁ。震災復興のチャリティライドがあってね。次は軽井沢。浅間山をグルっと一周するライドがあったから飛行機と新幹線を乗り継いで行ってきた。その次は富士山のヒルクライムかなぁ。これも飛行機と新宿からのバスを乗り継いで自転車で富士山の五合目まで登ってきた。初めての富士山だったけど、雲の中で何にも見えず、どこにいるのかわかんなかったけどね」

「えっ、それ……、土曜の午後から行ける場所じゃないでしょ。向こうで長い時間走るんですよね。で、日曜のうちに帰ってくるんですよね。そんなことができるんですか」

彼女が信じられないのも無理はなかった。パンデミックが終わり、もうすぐ六十五歳になる今の正平なら到底計画しそうもない強行軍だった。

「他にも色んなところを自転車で走ったよ。土曜のうちに電車や飛行機や車で行けるところまで行って、日曜は早朝から夕方まで走れるだけ自転車で走って、いかなる手段を使っても仕事に支障が出ないようになんとか帰ってくる。とにかく僕の場合は時間が全然足りないし休めないから、交通費には金を惜しまないっていう感じかなぁ」

「凄いですねぇ。他って、どんなところに行きましたか」

正平は自転車旅を再開した十年前からのことを想い出そうとするが、歳のせいか記憶が曖昧なことがだんだんと増えていて、自身に物忘れが始まっていることが少し気になりだしていた。もちろん、日々の診療でたびたび遭遇する認知症患者のそれとは全く違うのだが、時の流れの残酷さを思い知る年齢にさしかかっていることは素直に自覚している。

「そうだなぁ。奈良には新幹線とＪＲ奈良線を乗り継いで行った。着いたのは土曜の夜十時で、翌朝七時から自転車で奈良の山道を一日中走ったけどね」

「京都まで行くだけでも遠いのに」

「でも楽しかったよ、奈良の自転車旅は。それは旅と自転車の魅力を合体させるような面白い企画で、今のサイクルガイドツアーの先駆け的な新鮮な旅だった。井上さんと言う滋賀県の方が企画したんだけど、旧道や秘道を走ったりしながら歴史を感じさせるポイントをめぐる面白いイベントでね。もうあれから七年になるけど、パンデミック期間中にもそんな自転車旅のガイドツアーが日本各地で拡がりをみせているのは嬉しいよね。ＲＣＣ仲間の藤野さんも大分県を中心に九州各地でそんな企画を熱心に続けているし。欧州のそれとは少し違って、日本風のオモテナシ感がいっぱい漂っているしね。とにかく自転車旅って健康的だし、超エコで脱炭素だし、なにしろ感染対策もバッチリ。地方活性化の意味でも、今後もっとインバウンド向けにも人気がでて欲しいなぁ。僕が知っている人達も阿蘇・九重やしまなみ海道など素晴らしい環境を活かしながら新しいサイクリング関連の仕事に取り組まれているのも頼もしいよねぇ。やっぱり好きな場所で好きな仕事をするのって羨ましいなぁ。パンデミック最中の起業や開業でけっこう勇気も必要だったろうとは思うけど、僕もまた何か新しい挑戦をしてみたいなぁ」

「今さら挑戦って年じゃないでしょうけどねぇ。それで、しまなみ海道って?」

今どきの若い女性のストレートパンチには到底かなわないと、近ごろの正平はあきらめているので特に怒ることもない。

コロナが流行する直前までよく出かけていた瀬戸内海の島々を自転車で巡るひとり旅は、何度経験しても行く度毎に胸をときめかせてくれた。穏やかな美しい海沿いのサイクリングは、真夏よりも今のこの季節の方が心地よい。小さな島々をつなぐフェリーや渡し船から眺める贅沢な時間。静かで豊かな海辺の景色に身を委ねていると心が平和になる気がして、その時だけは日々の仕事のことを忘れることができると彼は喜んでいた。

「あら、知らんのか。だよねぇ。しまなみ海道は今や世界中から注目されて実際に多くの外国人も走りに来る有名なサイクリングの聖地みたいなところ。広島県の尾道と愛媛県の今治とを大きな島々にかかる長い橋でつないだ片道七十キロくらいの風光明媚なコースで、パンデミック前には僕も何度か行ったことある。コロナ後は残念ながら行けてないけど、この歳じゃ土日だけだと少々つらいかも」

「コロナの影響を受けて生活や仕事が変わった人って少なくないんでしょうね。うちに来ている患者さんも何人もいましたもんね」

「そうだよね。今は盛り返しているけど、観光業とか飲食業とか、アパレル関係もそうだろうけど、対面での仕事の人たちは大きな影響があっただろうからね。十年近く前から知っている僕と同じ年の中尾さんも、パンデミックの始まった頃に阿蘇の旅館勤務を辞めて、新しく模索しながら趣味の自転車を活かすような仕事を始められているもんね」

「へ〜、どんな仕事なんですか」

「最近は直接あまり会わないから詳しくは知らないけど、国内外の客を相手に阿蘇方面で自転車旅のガイドをされたり、自転車を活かしたイベントの企画運営をされたり、色んな人々とコラボして阿蘇の観光を盛り上げたり……。普通ならもう定年退職する年だし、趣味を活かして悠々自適の生活っていう感じかもしれないけど、コルナゴ部長さんの愛称でも知られている彼の場合、SNSの投稿を見ていると僕と比べものにならないくらい若々しくて、これまた凄く羨ましいよ」

「なんだか先生って、他人を羨ましがってばっかりですけど、きっと先生のことを羨ましく思っている人たちも多いと思いますよ。お金もたくさん持っているし、先生って少し欲張りすぎじゃないんですか。ほどほどにしておかないと、そのうち罰が当たったって大怪我しますよ。自転車事故で大怪我したら患者さんも私たちも困りますから気をつけて下さい」

彼女は七年前に正平が自転車事故で左手首を骨折して手術を受けたことを知らないし、反省よりも自転車旅の興味が高じて、その後に三年続けてフランスまで自転車を運んで旅に出たこともリアルタイムでは知らなかった。

パンデミックが始まって以降の正平の四年間は、海外サイクリングイベントの予約を毎年おこなっては、コロナ対応への必要性から出発直前になって無念のキャンセルを繰り返す苦い思い出ばかりで埋め尽くされていた。

「じゃぁ、日が暮れるからそろそろ出発するよ。後はよろしく。最後の人は戸締りと警備の設定も忘れずにね」

彼は後片付けをしているスタッフたちに言い残し、院内の自転車置き場から一台のロードバイクを取り出して、裏口のドアから外に出た。

今日の相棒は、昔ながらの細いクロモリ製丸パイプでフレームを組み上げた自転車だった。メッキされた接合部品とメタリック塗装された紺色パイプが光を受けて輝くイタリア製の「ロードレーサー」。正平の世代が若き日に憧れだった美しい細部とシルエットを身体の一部として感じながら走る快感は言葉では表せない。

ハンドルバーに装着したサイクルコンピューターが示す外気温は摂氏八度。暖房が効いた院内と比べると冷やっとするが、雲は少なく十分な陽ざしもある。これから日没までの約四時間、なんとか寒さには耐えられそうだ。

いま東へと向っている八女の山間部のそのはるか先に阿蘇や九重の山々が連なっている。来月には年中行事である牧野の野焼きが控えている阿蘇地方だが、この時期はまだ突然の降雪に見舞われるかもしれない。昨年の春に初めて体験した野焼きライドを案内してくれたのも中尾さんだったが、来たるべき観光シーズンに向けて新たなプランを練られているにちがいない。

正平の背中のポケットから電話の呼び出し音が鳴る。走り出してまだ五十分ほど、もうすぐ緩やかな上り坂が始まろうとするところだった。

彼は路肩に停まり応答ボタンをタップする。樺島知紗子の優しそうな声が聞こえてきた。

「先生、いまよろしいですか」

経営する認知症グループホームの管理者をお願いしている彼女は、正平が土曜の午後にサイクリングに出かけていることが多いことを知っていて、気の毒そうな話し方だった。

「うん、良いよ。どうしたの」

「昨日の夕方から微熱があった田村栄次郎さんですが、念のため簡易検査キットで調べたらコロナが陽性でした。今朝になって吉田浜子さんも喉が痛いと言われてて、現時点での検査は陰性なのですが、少し怪しいかなぁと思います。他のスタッフと入居者の方は大丈夫そうですが、広がらないように注意して観察しておきます」

四年前に介護施設内で発生した悲惨なクラスターも始まりは静かだった。今では簡易キットが普及し家庭でも簡易検査ができるが、当時は保健所に相談し対応の指示を乞うしかなかった。結果判明まで週末を挟むと二日後となり、その間に蔓延して悲惨な結果に見舞われることも度々あった。

「食事は大丈夫？　クラスターの始まりかもしれないから、自室内で大人しくしてもらってて……」

「認知症がひどくてお願いを聞いてくれそうもないですが、みんなで気をつけておきます」

相談というより、この四年間に学び身に着けた基本方針を、理事長の正平に報告して共有しておこうという気持ちの表れだった。正平もクリニックや介護施設のスタッフたちも、自ら傷つきながら多くを学んできた四年間だった。ワクチンの登場と、コロナウイルス自体の弱毒化により、幸い昨今のリスクは大きく軽減されている。

「なにか変化があれば、時間を気にせず夜中でも僕に連絡してください。スタッフは家族ぐるみで注意するよう、もう一度念を押しておいてね。よろしく、お疲れさま」

正平はスマホを背中のポケットに戻し、再び谷間をゆっくりと流れる川の上流にある星野村に向かって走り出した。まだ片道の半分ほどで、標高三百メートルの村の中心まで緩やかな登りが続いている。幸い風は穏やかで寒さはまだ厳しくはないが、村の一番奥まで行く時間はなさそうだ。

先日小雨が降った日があったが、この辺りでは雪だったのだろうか。標高が増して谷も深くなるに従い、陽ざしが届きにくい場所のあちこちに雪が解けずに白く残っている。木の枝のように張り巡らされる細い山道の奥にも小さな集落があり、ひっそりと古い民家が点在している。正平はそんな苔むすような細い峠道を独りで進むのが好きだった。

その風景は何年経とうがほとんど変わらない。山の色と空の明るさと鳥や獣の息づく気配が季節により違うだけだ。同じ季節にはまた同じ光と気配とが戻って来るが、前年に存在した生活の気配が消えてしまった家屋に気付くと過疎地の寂しさを噛みしめる。

村役場の交差点を左へと折れ、大きな鳥居をくぐり、坂道を北へとゆっくりと登っていく。山に隠れていた太陽が顔を出し、少しだけ背中が暖かくなった。ここから小さな峠を越えて約四十キロ、帰り着く頃には気温もかなり下がっているだろう。

その時、また背中で電話が鳴りだした。

今度はクリニック内で残業をしている職員からだった。正平は再びロードバイクを道路の左に寄せて、スマホから聞こえてくる声に耳を澄ました。

「お疲れ様です。事務の入江です。先ほど透析患者の森永さんのご家族からお電話がありまして、森永さんは新型コロナで先月末から入院されていましたが、今日の正午頃にお亡くなりになったそうです」

「やっぱり、透析患者のコロナ感染はまだまだ怖いよね」

「そうですよね。透析室のスタッフが数名、お通夜に参加するとのことでした」

正平は葬儀も火葬も普通には出来なかった父親の最期の時を思い出していた。

ゴールデンウイーク中も日曜日以外は仕事だが、それは今や正平には自然でもあり、混雑する行楽地へ出かける必要もない気楽な日常でもあった。

五月五日の日曜日、正平は朝五時に起き出して、車にロードバイクを積み込んで大分県の耶馬渓へと向かった。南仏ニースで七月に開催されるエタップの練習を兼ね、ツールド耶馬渓に参加するためだ。

高速道路ではなく、正平はいつも練習で走る道を朝焼けに向かって走りだした。八女の市街地の南縁を抜け、星野川沿いに進む。途中で行き交う車はほとんどなく、信号で停止させられることもなく緩やかなカーブを右へ左へと描きながら少しずつ標高を上げていく。星野村の中心に入る少し手前の分岐点で左へと今日は進路をとる。そこから急な坂道となり、幾つかの急な曲がりを繰り返し、石垣で囲われた美しい数百枚の棚田を左右に眺めながら、標高八〇〇メートルの尾根が東西に連なる耳納山地を越えて北へ東へと進んで行く。

耶馬渓には五十年近く前の懐かしい思い出があった。鉄道の廃線を利用して作られた九州で初めての本格的なサイクリングロードを目指し、正平は高校二年生の夏休みに友人二人と一緒に、二泊三日で四百キロの自転車旅をしたことがあった。その時に宿泊した懐かしい建物が今も川の向こう岸に見えている。

開会式の最中、見慣れた青い水玉のウエアに身を包んだ笑顔の男性が目に留まった。スポーツ自転車店イワイの店長の杉本栄一だった。

「おはよう、杉本さん。この前はクリートとサドル位置の調整をありがとう。何となくいい感じみたい」

十日ほど前に正平は愛車を彼の店舗に持ち込んで、靴底の金属であるクリートの位置を微調整してもらい、山岳コース向けにサドルの位置と角度を微調整してもらっていた。何度か近所の山に登って調整前後の比較を試してみたが、なかなかいい感じであることを正平よりも二回りほども若い彼に早く伝えたかった。

「一緒に楽しみながら走りましょう。エタップ前ですから、怪我にはお気をつけて」

正平が初めて耶馬渓を自転車で走った頃、今回の参加者のほとんどはまだ生まれてもいなかった。それを思うと、彼は自分の年齢に改めて衝撃を覚えた。

申込順なのだろうか、若いゼッケン番号順に司会者の大きな声援を背にスタートゲートをくぐって走り出していく。正平は比較的早いスタートだった。

順調にトレーニングを積んできた五月も最後の週末を迎えていた。

土曜午前の外来は四十人ほどの患者数で普段より少し多かったが、正平はスムーズに時間内で診療を終えることが出来た。エタップが近付くにつれ、診療にも気合が入り仕事も充実していくのを正平は感じている。

天気が良い土日は、他の用件が無い限り診療が終わるや否や愛車に跨ってクリニックを飛び出して行くのだが、今日の彼は机の上でパソコンに向かって作業を続けていた。

「こんなに天気も良いのに、今日は走りに行かれないのですか」

診察室に隣接する事務室で月末のレセプト作業をするため残業をしている三田博子が不思議そうに正平にたずねる。

「今日は夕方に医局の同門会があるから、久しぶりに参加して教授や医局長に挨拶しとこうかなぁと思って。去年と一昨年は頼まなかったけど、その前の年はコロナで随分と医師の派遣をお願いして助けてもらったからね。それに、今年も三年振りに代理医師をお願いしているし」

「えっ、どなたか代わりの先生が近くおみえになるのですか」

返事をする代わりに、正平はパソコンで作成した掲示用のA3用紙を印刷して彼女に手渡した。そこには、七月のエタップ参加期間中の院長不在と代理医師による診療を告知する内容が大きく書かれていた。出発は四十日後なので、今から告知ポスターを掲示してお知らせすれば、月一で定期受診している大半の患者には院長の不在を伝えることができるだろう。

「またヨーロッパの自転車大会ですか。今度はどちらですか」

前回の渡仏の時と同じ時期に同じ日数の不在なので、正平と二十五年間も一緒に働いている三田は全てを言わずとも理解して協力してくれる。

「うん、またフランス。ツール・ド・フランスと同じコースを走れるやつ」

「一度参加されてメダルをもらわれた大会ですね。みんなで話していたんですよ。練習の頻度が増していたし、身体がドンドン引き締まって行ってるからきっと海外の大会に参加されるんだろうって」

「なかなか鋭いねぇ。そう、その通り。三月に練習を本格化させてからもう四キロは減量したし、目標はあと一キロ。このまま順調に練習出来たら、五年前のベスト体重まで落とせると思う」

「へ～っ、凄いですね。また職員へダイエット講習会をしてくださいよ」

三田はそう言って、にこやかな笑顔を正平に向けた。

「今度は五日間ですね。代理の先生のお名前がわかれば教えてください。マイナンバーとか、銀行口座とか教えていただかなきゃいけませんし、印鑑もお願いしますから。皆さん、また大学の医局の先生ですよね」

正平が新型コロナで重症肺炎になり三週間ほど入院した際はさすがに一つの医局だけでは難しく、卒業した大学の別の医局にも派遣依頼をせざるを得なかったが、過去の自転車大会での同様の日程では、一つの医局の先生たちで大丈夫だった。だが、今年の四月に始まった働き方改革のせいで医局からの医師の臨時派遣が非常に厳しくなりつつある。

「それがさぁ。例の働き方改革のせいで、医局からは二日間しか派遣してもらえず、今回は大学生の時に一つ先輩だった吉富先生に高知県から来てもらうことになった」

「えっ、高知県からですか。それはまた遠くから大変でしょう」

「まぁ、実家がこっちだからね、帰省の気持ちで。でも助かったよ。働き方改革のせいで、僕ら開業医は病気してもおちおち休んじゃいられない。家族が死んだりしても急に医師をお願いできないし、透析やっていると臨時休診なんかも出来ないからね」

「そうですよねぇ。他のスタッフなら休めても、先生だけは絶対に必要ですものね」

「もう六十五で、世間じゃ定年退職の年齢なのになぁ」

いつもの愚痴をまた三田に聞いてもらって、正平は自虐的な笑いを顔に浮かべた。


年に一度開催される筑紫大学循環器内科の医局会には各地から大勢が集まったが、コロナ期間中の対面開催自粛を経て、以前に比べると三割くらい出席者が減っている。理由はあるにしても苦楽を共にした仲間の顔を見ないと寂しくもある。

大学を卒後し医局へ入局して四十年になる正平は、いつの間にか先輩の数より後輩の数の方が何倍も多くなっていた。時おり届く医局からの訃報には、良く知る歳の近い先輩たちの名前を眼にするようになった。世代間ギャップなのか、大学病院で勤務している若い医局員たちとはなかなか上手く話せない。かつて自分も大学にいた頃に感じていたように、もう完全に「名も知らぬ白髪頭の大先輩」の一人として後輩たちには取り扱われていることだろう。

名前を見ると、同期や少し先輩たちの子弟ではないかと思う人も少なくなかった。少し前まで正平も自身の二人の娘たちが同じ専門分野を目指してくれないかと期待したことがあるが、内科や外科や産婦人科というメジャー領域には進みそうもないようだ。マイナー系に進んだ長女と違い、次女は総合診療の勉強を学生時代から熱心過ぎるくらいに取り組んでいて、これから彼女が一番の貧乏くじを引かなければいいのだが……と、正平は医療政策を担当する連中の顔を苦々しく思い浮かべながら遠い先の心配していた。

「先日は新しい小説、ありがとうございました。楽しく読みましたよ。もう次も書かれていますか」

いつも柔和な笑顔で接してくれる教授が近付いてきて、ポツンと立っていた正平に声をかけた。正平より七歳ほど若く、分け隔てなく気配りができる評判のいい教授だった。

「あぁ、教授。お久しぶりです。今度、医局長に医師派遣を臨時でお願いしています。いつも無理を聞いていただきありがとうございます」

「また自転車大会ですか。できるだけ協力させていただきますよ。でも事故だけは気をつけて下さいね」

「ありがとうございます。いま書いている小説は、打診や触診や聴診などの基本的な診療をしないオンライン診療や医療DXとやらの新しい医療スタイルに馴染めず、嘆きながら旧来型の診療スタイルを貫こうとする高齢開業医の話です。まぁ、時代遅れの私の愚痴みたいな話なんですけどね」

「お気持ちは良く分かります。大学にいますが、私も似たようなものです。確かに、誰かにきちんと書き残しておいて欲しいテーマの医療小説ですね。財務省や厚労省のお役人や政治家の皆さんには決してわからない世界ですよね。でも、今の医療は医師や医学者ではなく、文系のお役人や経済界の連中が主に財政を基準に方針を決めているから、少し変な方向へ向かっていますよね。本来ならもっと医師自身が医科学や医療の実際を知らないお役人に負けないようきちんと発言していかないといけないんですけどねぇ」

教授は笑顔で正平と軽く握手をして、また大勢の人混みの中に紛れていった。

二人の会話が終わるのを待っていたかのように、准教授の中江征夫が正平に声をかけてきた。中江は正平がまだ大学にいて臨床の指導医をしていた頃、何かと慕ってくれていた後輩だった。特に中江がダイエット目的に始めたサイクリングがきっかけで二人は一緒に練習をしたりイベントに参加するようになり、とうとう五年前にはフランスの大会へ他大学の教授と一緒に三人で参加したこともあった。一番若い中江は、残念ながら途中でタイムオーバーの失格となったが、体重管理が上手く行かなかったことがその主な要因かもしれなかった。

「中江君、練習しているかい？」

「あまり走れてないです。ガリビエ峠は絶対リベンジしたいとこの五年間ずっと考えていたんですが、こんなにデブったら無理ですよね。先生、今度行かれる大会はどこでしたっけ。イタリアですか。それとも、またエタップですか」

そこへ初めて会う男性がニコニコしながら近付いてきて、中江の肩を軽く叩きながら、割って入るように二人の会話に加わった。その間も男性はずっと正平の顔を見つめている。

「あら、山田教授、こんばんは。教授も村田先生をご存じでしたか」

精悍な顔と凛とした姿をした山田教授と呼ばれた男性は、同じ大学の胸部外科教授だった。正平より五歳ほど若く、心身ともに充実しきった感じがしている。手術の腕にも信頼が置けそうな誠実そうな印象だった。

開業以来、幾度も手術適応がありそうな患者を大学病院へ紹介したことはあるが、大半は先に内科で適応があるか否かの精査が行われる。術後も基本的に内科で心臓リハビリテーションを行うため、直接的に開業医の正平が外科の医師と対面で接することはほとんどなく、教授である山田の名前は当然よく知っているが、それまで不思議と面識はなかった。

「村田先生、外科の山田です。一度ぜひ先生とお話がしたかったです」

「あぁ、山田教授。初めまして、村田です。時々、患者をお願いしています。最近では、高齢透析患者の大動脈狭窄症も増えているので、TAVIにも対応していただけ大変助かっています」

「ありがとうございます。実は、村田先生とは初対面じゃないんですよ。先生が研修医で私が学生の時でしたが、福岡の小戸のヨットハーバーから杉山先生のクルーザーで一緒に玄海島に行ったことがあるんです。覚えておられませんか」

「えっ、その時のことは良く覚えていますけど……。僕は国立卒で周りにクルーザーとか持っている人なんていなかったから、私立は凄いなぁ〜って感じていました。杉山先生と、落合先生と、今は糖尿病を専門にしている女医の稲田さんと一緒だったのはハッキリと覚えていますけど、あの場に山田先生もおられたんですか。すみません、全く覚えてないです」

ヨット部にいたことを知った先輩に誘われ一度だけクルージングに参加したことがあったが、競技用の二人乗りしか経験がない正平には、大型クルーザーで一日を過ごすことは正直あまり性に合わないと感じた経験でもあった。

「私はよく覚えていますよ。なにしろ、ヨット部の経験者は、あの日は村田先生だけでしたし、クルーズ中に学生時代の自転車旅行の話も楽しく聞かせてもらいましたから。先生は今も自転車は続けてありますか」

「山田教授、村田先生は凄いんですよ」

間に立つ中江が真面目な顔をして山田に説明を始めた。

「コロナの前、一度だけ村田先生にフランスへ連れて行ってもらいました。その前にも耳納山や背振山で鍛えてもらっていたんですが、僕よりかなり年上なのに全然付いて行けないんです。憧れのガリビエ峠は僕だけ直前でタイムオーバー。惨めに回収バスに乗せられて峠の下のトンネルを運ばれてしまいました」

「まぁ、もっと中江君は絞らなきゃ。でも良いですねぇ、フランス。まだ海外は走ったことないんですが、国内は仲間とサイクリングを楽しんでいるんですよ。ガリビエ峠とか、憧れますよね。他の有名な峠なども行かれたのですか」

正平にとって、いまや眼の前の二人は大学病院の教授や准教授ではなく、気の合う自転車仲間に過ぎなかった。彼は初対面同様の自分より若い教授に、これまで経験した三度のフランスでの自転車の経験を話して聞かせた。医療の話をするより間違いなく楽しそうな山田の表情だった。

「私もぜひ一度、ヨーロッパを走ってみたいです。でも、教授職を引退するまでは難しいでしょうね。一週間で参加可能なら休暇取得は何とかなるでしょうが、私にとって転倒して怪我するのは絶対に避けたいからですね」

正平は七年前の左手首の骨折の件は山田には黙っていた。知っているはずの中江は忘れてしまったのか、余計なことを言わずに山田が加わる前に止めた話題に戻してくれた。

「村田先生は七月もヨーロッパに行くんでしたよね。かなり身体が絞れていますよね」

中江に問われた正平は、顔を山田に向けて答える。

「ニースで開催されるエタップに参加します。エタップは二度目ですが、来年はドロミテの大会を考えています。コロナ前は年齢制限があったのですが、今度から制限がなくなり参加できるようですし。ガヴィア峠とか、セラ峠とか、イタリアの最高の峠に老いて走れなくなる前に一度は挑戦したいですからね。その大会ではコース上に無いのですが、いつかは憧れのステルヴィオ峠にも挑戦したいです」

「先生とお話ししていると、私も頑張ろうっていう気になります。今度ぜひご一緒しましょう。でもお互い、怪我だけは気をつけましょう。あぁ～、今日は村田先生と自転車のお話しまで出来て、内科の同門会に参加して良かったです」

「でしょう？　教授、私も痩せますから、ぜひ誘ってください」

中江が本気で放った言葉は、遥か年上の山田と村田から軽く笑い飛ばされた。

第六章　サバイバー——一か月前

第六章　サバイバー

一か月前

エタップ開催をあと四十日ほど後に控えた五月の終わり、久しぶりに晴れ渡った明るいロンドンの街の中で、一人の女性が大きな不安を胸にピカデリー・サーカスからほど近い場所にあるＲＣＣのクラブハウスを訪れていた。少し狭い石畳の通りに面したクラシカルな趣を残す外壁とは裏腹に、木の扉を中に入った建物の内側はカラフルな明るい色のサイクリングウエアや大きな写真などが飾られ、ポップで多国籍な英国の首都の雰囲気を漂わせている。クラブハウス内では先程から小気味よいビートの効いたアデルの曲が流れていた。

長身でショートヘアーのクリスティンはＲＣＣ設立当初からのメンバーで、週末にクラブの仲間たちと一緒に緑多いロンドン郊外をサイクリングする日はもちろん、用事で外出の途中などにもフラッとクラブハウスに立ち寄り、気の合う仲間たちと他愛ない会話を楽しんでいる。

暗く世界中を覆いつくしたパンデミックの一時期を除いては、そこには彼女と同じように愉快な仲間との会話や旅の計画などを一緒に楽しもうとする男女が毎晩のように閉店時間が迫るまで思い思いに過ごしていた。

友人と立ち上げた小さな会社でビジネス・コンサルタントの仕事をしている彼女はもうじき五十歳。趣味と仕事を優先した暮らしをするうちに独身生活が心地よくなってしまっていた。八年前までは仕事に都合の良いエリアに住んでいたが、趣味の仲間たちと過ごす時間が自分にとってかけがえのないものであると気づいた彼女は、クラブハウスから歩いて五分もかからないソーホーの部屋で一人静かに暮らすようになった。

そのロンドンのRCC本部を兼ねるクラブハウスで明るくメンバーたちの間を取り持ち、いつも愉快に盛り立てている中心人物はマネージジャーのアレーダだった。アイルランド系で澄んだ大きな目で周囲に気を配り、時には少女のようにはにかむ笑顔を見せる彼女はまだ三十代半ばだったが、彼女もまた自転車ライフを愛しすぎて独身生活をクラブに捧げているかのようだった。

海外のRCCメンバーからも凄く人気の彼女はエジンバラにある芸術系の大学を出ており、独特な美学をその心に秘めている。女性らしい上品で柔和な容姿にも関わらず、その白い足から生み出される脚力たるや、若い男性陣も舌を巻くような逞しさだった。その優しく世話好きな性格ゆえか、彼女に相談をもちかけたり、アドバイスを期待して集まる年上のメンバーも少なくない。それは自転車の話題とは必ずしも限らなかった。そして、クリスティンもそんな年上の女性メンバーの一人だった。

金曜日の正午過ぎ、その店内にいたのは、新作のサイクリングウエアをいち早く購入しようと探しに来ている数名の客と、若い数名の店員たちだけだった。まだクラブの常連メンバーたちは姿を見せていないが、あと数時間もすれば、クラブハウス内はいつもの様に大勢のサイクリストたちで賑やかになるに違いない。

バックヤードから出て来たアレーダが自由にメンバー同士がコーヒーや軽食を楽しめるコーナーの方に近づいていくと、薄い水色のジャケットと紺色のゆったりしたスカートを履いたクリスティンが、チョコレートをふんだんに使ったケーキと湯気が立ち昇るコーヒーをテーブルに載せたまま、窓辺の席に考えごとをしているような表情で座っていた。

「クリスティン。いつもの笑顔はどこにいったの。今日は心ここにあらずね」

長年の友とも言えるアレーダの声を聞いて、クリスティンの表情からいくらか硬さが取れる。そして、彼女の二つの青い眼がマネージャーの焦げ茶色の眼と重なり合った。

「えぇ、そうかも。今日は私の審判の日なの」

「それは穏やかではないわねぇ」

「この後、インペリアル医療センターに行くの」

そうつぶやいたクリスティンは白く長い指でコーヒーカップを口元へ運び、再びアレーダの方へと笑みを忘れたような顔を向けた。

「まだ放射線治療を続けているのね。どう、うまく行っているの」

「ちょうど一週間前の先週金曜日が肺病変への放射線治療の最終日だったの。その治療効果判定のための検査が一昨日の水曜日にあって、今日がその結果説明の日なのよ」

そう口にすると、何かが吹き切れたように、少しだけクリスティンにいつもの微笑が戻った。

心配そうな表情の理由を知ったアレーダも少しホッとして、彼女の隣の椅子に腰をかけ、大丈夫よとの気持ちを込めて年上の女性の眼を見つめる。

「心配しているのね。同じ経験はないけど、気持ちはよくわかるわ。その結果次第では、七月のエタップに参加出来なくなる可能性もあるんでしょう」

「そうね。エタップだけではなく、秋のワン・モア・シティも参加出来なくなるかも」

「今年はヴェネツィアからローマだったわよね。あなたがいないワン・モア・シティは考えられないわ。きっと大丈夫よ。自信をもって」

「ありがとう。私は担当してくれている医療チームを凄く信頼している。エタップに参加できるか否かは今日の結果次第だけど、もし参加の許可が出なければ、残念だけど素直に諦めるしかないでしょうね。その覚悟は既に私にはできているわ」

クリスティンはコーヒーを半分ほど飲み残して、何かを決心したかのように静かに席を立った。

彼女は扉を開け、アレーダに見送られながら通りへとゆっくり歩み出た。

「良い報せを待っているわよ。また後で立ち寄ってね……」

通い慣れたインペリアル医療センターの診察室で、クリスティンは熱心にこれまで治療に付き合ってくれてきた担当医に向き合って座っていた。

担当医のキャサリンは明るく挨拶したあと、嬉しい報せを彼女に届けてくれた。

「良かったですね。肺の病変は放射線治療で完治しているようですし、一時的にダメージがみられていた肺胞の損傷からの小さな気胸ももう問題は無いようです。炎症所見も消えていますし、活動性がみられる病変は肺には無さそうに思えます。脳にも新たな病変は認めませんし、骨の病変も縮小傾向がハッキリと認められます。分子標的療法も現在の量で継続しましょう」

緊張して聞いていた彼女の表情がいっぺんに明るくなった。診察室でなければ声を出して笑い出しそうな気分だった。

「ということは、七月に開催されるエタップへ参加していいんですよね」

「先日、念のために肺機能検査と心臓エコー検査やエルゴメーターによる運動負荷試験なども行いましたが、同年代の女性の肺や心臓の機能よりも随分と若々しいですね。実年齢よりも十歳くらい若いという検査結果でした。日頃のトレーニングのおかげでしょうね。でも、今年のエタップはどれくらい厳しいコースなのでしょうか」

「今度が五回目のエタップ参加なのですが、獲得標高が四六〇〇メートルと、距離自体は短いものの、これまでで最も厳しいコースでしょうね。もっとも、昨年の強烈な暑さには参りましたけどね。それに、その前年のガリビエ峠のように景色が良いわけでもなさそうですから、途中で気持ちが折れないといいと思っています。それだけに、もし体調が悪いとリタイアしたくなるでしょうね」

「私は初心者ですが、それだけの坂が続くコースでは呼吸を最も重要と考えて、一定のペースを刻むことが大切だろうと思います。制限タイムの関係もあるでしょうが、肺に急な負担がかからないよう注意して登られてください。大きな大会ですから周囲に影響を受けるでしょうが、自分のペースを保つこと最優先にしてくださいね」

「ありがとう。どんなに遅れても、マイペースを心掛けるわ」

若い担当医は昨年ロードバイクを始めたばかり。五十歳になる癌サバイバーの挑戦に興味があるらしかった。

「十年前に乳癌の手術を受けられ、六年前からは転移巣の治療を継続されていますが、どうしてそれほどエタップへの参加に情熱を燃やされているのでしょうか。失礼ながら、あなたの年齢の女性には非常に厳しいコース設定ばかりですよね」

担当医の疑問は当の患者にも当然な疑問点だった。彼女を知らない大会参加者には、一緒に険しい坂道を登りながらエタップに挑戦している女性が乳癌と十年来闘っているということは決して想像できないだろう。だが、彼女は自身のことを隠している訳ではなく、インスタ等で闘病生活とサイクリング生活の両立をずっと公表し続けている。そして、乳癌と闘う人々や乳癌の基礎研究者をサポートするようなボランティア活動も熱心に続けている。もう七年も続けているワン・モア・シティは彼女のライフワークになりつつある活動だった。

最初四人で始めたOMCは、今では四十名近い大きなライドイベントへと成長し続けている。一昨年はフランスのストラスブールからドイツのミュンヘンまで。去年はドイツのミュンヘンからイタリアのドロミテ山塊の幾つもの峠を越えて、ヴェネツィアまで三十七人の女性サイクリストと一緒に走りぬいた。今年の秋はヴェネツィアからローマを目指すつもりで、体調が許す限りこれからも続けていきたいと彼女は願っている。ここ数年は興味を抱いたマスコミが報道してくれるようになり、参加者も寄付額も年々増え続けている。

「乳癌が脳に転移して手術をした時に私は決めたの。今の自分を大切にして精一杯生きることと、同じ乳癌で苦しむ人々に少しでも寄り添って、出来れば何か力になれるようにと。だから、好きなサイクリングに関連して二つの大きなことを毎年行い続けることにしたの。一つはエタップへの挑戦。これは自分が元気に生きていることを確認するための挑戦。もう一つは、あなたも知っているだろうワン・モア・シティ。悩みながらサバイバー生活している癌患者のことを多くの人々へ知って欲しいことと、乳癌研究に挑んでくれている博士課程の若い研究者たちを少しでも経済的にサポートすることかしらね」

「それはテレビや新聞を読んだりして知っています。私も仕事が休めるのだったら一緒にワン・モア・シティを走りたいくらいです」

「そう言ってくれると嬉しいわ。癌になんか負けていられないわ」


クリスティンが最初にエタップに参加したのは二〇一八年だった。初めてのエタップ、ただでさえ完走は楽ではない。脳腫瘍の術後五か月ほどで挑むことには賛否の意見が渦巻いたが、彼女の決意は固かった。トレーニングを再開し少しずつ体調を整えながら、短かった髪が伸びてフランスのアヌシーへ乗り込んだ時には、術前の彼女よりも精悍なサイクリストの姿に変身していた。もちろん多くの不安が彼女のなかにあり、脚力も七割ほどしか実際には回復してはいなかったが、淡々とした走りで見事に厳しいコースを走りぬいた。アレーダを始めとする仲間たちのサポートの力が大きかったのは言うまでもない。

それからはエタップ完走が彼女の基準となり、元気に生きていることを確かめるためのメルクマールのような大会になっている。パンデミックで開催が中止された二大会をのぞき、彼女は毎年エタップへ挑戦して全て完走していたが、今年の五回目の大会を前に乳癌の肺転移が昨年秋に判明し、これまでその放射線治療と傷ついた肺の回復を待つリハビリテーション治療とを毎週続けてきたのだった。

信頼する医療チームが今年もエタップのスタート地点に立たせてくれることを彼女は心から感謝していた。これまで乳癌は脳と骨と肺への転移を繰り返してきたし、これからいつまで元気に挑戦を続けていけるか分からない状況ということを彼女自身もよく理解しているからこそ、今年のエタップにはどうしても参加したかった。そんな彼女の心の中を担当医のキャサリンは良く理解し、今日まで治療に並走してきていたのだった。

「本当にありがとう。完走できたかどうか、ニースから報告するわ。あなたも時間が出来たら、RCCのクラブハウスに立ち寄って。素敵な自転車ライフがそこにはあるわよ」

そんな嬉しい報せを、彼女はアレーダやワン・モア・シティを支えてくれる仲間たちに一刻も早く知らせたかった。

活動性の癌病変が今は自分の身体のどこにもないことは健常人には想像しがたい喜びだし、夏と秋の大きな計画を進められることも彼女にとっては飛び上がりたいほど嬉しいことだった。担当医に若い身体だと褒められ励まされ、ロードバイク初心者の彼女からエタップ完走への貴重なアドバイスさえもらうことができた。当然知っている常識的なことなのだが、若い人達が大事にしてくれる年齢になってしまったことには少し複雑な気持ちだった。乳癌が再び活動を開始するまでに、新しい画期的な治療薬が開発されるよう祈り続けたいと彼女は秘かに思っている。

夕方になり、クリスティンは再びRCCロンドンのクラブハウスへと出かけていった。ニコニコとした笑顔に負けないような、たくさんの花があしらわれた女性らしい明るい雰囲気のワンピースに彼女は着替えていた。

いつ行くとは一言も言っていなかったが、多くの仲間たちがアレーダと一緒にクリスティンの到着をそこで待っていた。

「その顔を見たら、答えは聞かなくても分かるわ。クリスティン、良かったわね」

アレーダは両手を広げて、涙を流さんばかりに喜びに胸震わしている仲間をクラブハウスに迎え入れた。十人近く集まった女性たちも口々に彼女へ暖かく声をかけている。花柄のワンピースの裾が広がるようにクリスティンは身体を躍らせ、その喜びを仲間たちと分かち合おうとしているかのようだった。

one more city,
Vickesh Raithatha

第七章

突然の暗雲

——三週間前

第七章　突然の暗雲

三週間前

その後もトレーニングは順調に進み、正平が出場するフランスの大会当日まで残すは約三週間になっていた。

彼は来週末、義父の看病などで一緒にフランスへ行けない妻と由布院に泊まることにしている。彼女にはサポートカーよろしく後から付いてきてもらい、由布岳周辺と九重高原でエタップを模したルートを思いっきり走るつもりだ。転倒などで大会直前の怪我は避けたいが、今のところ梅雨入りが遅れて晴れそうな予報が出ている。

土曜の午後は爽やかに晴れて、絶好の練習日和になった。

朝からそわそわ仕事をしていた正平は、午後二時からいつもの山地を巡る練習コースを走るつもりにしている。イノシシや蛇やスズメバチなどにはよく遭遇するが、ミカンの収穫時期でなければ車がほとんど走らない林道をつなぐ静かなお気に入りのルート。夏至も近づき日没も遅くなり、これから五時間以上は存分に走りを楽しめそうだ。

明日の日曜日は佐野元春のコンサートが福岡で行われるが、大会前の貴重な練習日なので今日と同じくらいは走っておきたい。距離にして二〇〇キロ、獲得標高二六〇〇メートルが今日と明日を併せた正平の練習メニューだ。

ただ、コンサートに一緒に行くつもりだった妻に急用が出来てチケットが一枚余ってしまっていた。娘たちと一緒に、正平の父親の墓参りに京都へ行くという。娘たちは土日も病院に回診に行くなど仕事で忙しくしているようで、ようやく自由になる日曜日が巡ってきたらしい。こんな時、妻は正平よりも娘たちと行動を共にしたがる。もう少し早く分かればチケットもリセール出来たのだろうが、ことが自分の父親の墓参だけに、彼は妻子に強くは言えなかった。

誰でも良いから一緒に……という気持ちに正平は到底なれない。かと言って、空席のままにしておく気にもなれなかった。なにしろ前から二列目、ほぼ中央の席だった。

どうしたものかと悩んでいた時に、大会へ向けたトレーニングの話などを時々メッセージでやりとりしていたテレビ局の植松彩花のことが思い浮かんだ。が、正平は彼女に音楽の話をしたことは一度もなかった。彼女が独身なのか恋人がいるのかいないのかさえ知らなかったが、正平は診察室からメッセージを送ってみた。

【大会まで三週間、練習は順調。梅雨入り次第では、今週末が最後の練習になるかも。出来れば、あと一キロお腹を絞りたい(笑)。ところで植松さん、佐野元春ってご存じですか?　明日の夜、ドームの横でライブがあります。実は二列目の席があるのですが、もし良ければ一緒に行きませんか？　妻が急に行けなくなり、一枚余りました。電子チケットですから、もし行っていただけるなら、メール添付でメルアドへ送ります。現地集合と言うことで。良いご連絡をお待ちしています】

若い頃には持っていた恥じらいを少しずつ失くしているのを彼は自覚している。これは不倫などではなく、あくまでも神と崇める佐野に眼の前に空席があるのを見せたくないため……と、正平は勝手な言い訳を探していた。

とにかく出発しようと、彼は大会当日に使用するロードバイクで随分と夏が近づいた空の下へ走り出した。

今回のエタップは、標高差千メートル以上の厳しく長い峠が四つも続くコースだから、本来ならば一気に標高差千メートルを練習できる背振山や雲仙岳を練習に取り入れたいところだったが、また急増している新型コロナ患者への対応で、彼はその時間がなかなか取れなかった。

爽やかな風を受け、ほぼ予定通りに正平は距離と標高を稼いでいた。ここを登り切れば、後は三〇〇メートルの低い峠を二つ残すのみだ。大した汗もかかず、大会へ向けて仕上がりの良さを正平は満足そうに感じていた。

その時、正平の背中に忍ばせたスマホからメッセージの受信を知らせる甲高い音が短く鳴った。

患者のことで緊急に呼ばれているとしたら、時間外で大した対応は出来ないが、残る峠は登らずに、ショートカットした最短ルートでクリニックに向かえばいい。正平は少しペースを上げて峠を登り切り、さっき届いたメッセージを確認する。

メッセージの送り主は、植松彩花だった。

【え〜っ、先生、誘ってもらえるなんて嬉しいです。あまり曲を聴いたことはないのですが、佐野元春さんて、確かとても有名な方ですよね。明日は昼間に福岡市内で収録の予定があり、少し開演時刻に遅れるかもしれませんけど、もし私なんかでよろしければ、是非ご一緒させてください。エタップの直前情報なども直接お聞きしたいですし】

サムデイなど初期の名曲たちは彩花が生れる前の曲ばかりだから、彼女が詳しくなくても不思議ではない。昨年十月に知り合い、月に何度かSNSで言葉を交わす関係ではあるものの、実際には二度しか会ったことはない。まさか直前の誘いに応じてくれるとは思っていなかっただけに、その文面を彼は笑みを浮かべながら読み返した。

先ほど頂上付近まで駆け登ったばかりの山の頂と稜線が、西からの強い光線を受けて鮮やかに見渡せる。先日まで酷かった黄砂も、今日明日は予報されていないようだ。

【良かった。貴重な日曜の夜に父親みたいな年齢の私とお付き合いいただき申し訳ない。嬉しいです。後で電子チケットをメールで送りますので、遅れても良いですので、会場内でお待ちし

ています。二列目、中央やや左の通路横の席ですから、すぐわかると思います。では、明日】

送信が終わるや否や、正平は車がほとんど通らない坂道を下りだした。

『まずこの山を下って、残る二つの坂をやっつけてしまおう』

喜びとヤル気に背中を押されているような気持ちよいダウンヒル。曲がりくねってはいるが、彼は繰り返しトレーニングしている下り坂のカーブの位置や数まで覚えている。あまり舗装面も荒れておらず、浮いた枯葉や砂利に悩まされるような道路ではない。

『もう少し下った先に危険なブラインドカーブが現れる……』

そう正平が先を読んでいる時だった。左は草木が生い茂る崖で右は深い谷という見通しの割とよい直線で、速度は五十キロ近く出ていただろう、
坂道の左端を飛ぶように下る正平のわずか五メートルほど先に、左の崖から何か大きな塊のようなものが突然ゴロリと転がり落ちてきた。

焦げ茶色の毛に覆われた塊の方も、猛スピードで襲ってくる正平にひどく驚いたことだろう。野生動物の本能をあまりの驚きで忘れてしまったのか、その生きた塊は素早く逃げ去る素振りも見せず、正平と眼を合わせたままピタリとその場に文字通り固まってしまった。恐怖に居すくむ習性をもつ運の悪いタヌキだった。

すでに正平はタヌキまで三メートルに迫っていた。正平の頭の中で幾つもの考えが浮かんでは

否定され、また浮かんでは消えた。この速度では、瞬く間に衝突するはずだ。

『なぜ逃げてくれない？　野生動物らしくさっさと逃げてくれ』

急ブレーキをかければ前輪ロックでジャックナイフ型前転にて首を折りかねない。急ハンドルを切れば、左の崖に激突するか右の谷に落ちて行くかもしれない。いずれの方法も愚かで危険すぎる。ならば、どうすればいいのだろう……。

もはや時間切れだった。正平は決めるしかなかった。

『タヌキが逃げないなら直進するだけだ。ハンドルを思いっきり引き上げて前輪を浮かし、タヌキの体を飛び越えていこう』

その作戦は上手く行き、正平は前輪の真下にタヌキの腹のゴワッとした感触をハンドルに添えた両手で感じていた。

『上手く乗り越えられた……』

だが、恐怖で岩のように硬直した憐れなタヌキを、まだ後輪が無事に乗り越えてはいなかった。

間髪を置かず、サドルが正平の座骨を強烈に真下から突き上げてきた。

その直後、見えない壁に激突した正平の腰は上方に浮き、超スロー画像を見ているように身体の右側から地面にふわりと落ちていった。

それからしばらく、痛みさえも感じない静寂の時が彼に訪れた。スキー板のビンディング装置のように慌てた動きをすれば勝手に外れるはずなのに、正平はクリートで両足をペダルと連結したまま地面に横たわっている自分の不思議さに気がついた。

『どうしたんだろう？　なにかヤバいことになっているのか』

地面に横たわったまま正平はゆっくりと自転車から身体を離してみるが、あまり痛みは感じない。慎重に立ち上がり、全身の傷を確かめる。

彼は右肘と右腰を硬いアスファルトの地面に打ちつけたようだった。衣類には傷も無く、路面で擦った様子もなかった。むき出しの右肘に出来た遠慮がちな擦り傷から血が薄っすら滲んでいるものの、同じむき出しの右膝には小さな傷すらもない。幸い大腿骨の骨折もなさそうだが、あれほどの衝撃で何も起こらないことはないだろう。極度の緊張によるハイなのか、漠然とした困惑が正平を包んでいる。

時速四十キロを超える前方向へのベクトルが、タヌキとの衝突で突然なぜか上方向へと急転換され、正平の身体は衝突地点から五メートルも先に進んでいなかった。単なる転倒なら、下り坂を十メートル以上は車体と身体を削られながら滑り落ちていたことだろう。正平の頭を守ってくれたヘルメットには小さなひび割れが出来ていたが、擦り傷はやはり見つからなかった。物理的に最も衝撃を受け止めたのは膝や足首や大腿骨ではなく、サドルの上の座骨に違いなかった。

正平は横たわったロードバイクを起こして点検をしてみた。ハンドルのバーテープに一部擦り傷があり、後輪にあるデリケートな変速機に少し傷がある程度だった。ハンドルも曲がっておらず、前後のブレーキも変速機も普通に作動するようだ。何か硬いものに乗り上げた割にはリム打ちパンクも起こっておらず、正平は理屈では説明できないような不思議な感覚を抱いていた。

『あれは本当に恐怖に固まったタヌキだったのか？　それとも実は落石だったのか？』

正平はすぐ後ろに残されているはずのタヌキや落石を探したが、不思議なことに何も付近には無かった。

『確かに怖がるタヌキと眼が合った』

呆然と立ちすくむ正平は、有るはずの痛みを完全に忘れていた。

『同じ衝撃をタヌキも全身で受け止めたはずだ。後輪は硬い頭骸骨を乗り越えたのかもしれない。だとしたら……』

倒れた自転車までゆっくり戻る際に、正平は右の股関節や大腿骨大転子に痛みが出現しているのを自覚した。水筒がフレームに設けられたケージから飛び出し、ポツンと寂しげに十メートル先の地面に転がっていた。やはり、ロードバイク自体は強烈な力で前進を妨げられたようだ。

引き起こした自転車にまたがりユックリと坂を下り始めた正平はすぐに違和感を覚えた。どうやらサドル自体がかなり前に傾いていて、正平の身体が妙に前に傾いてしまう。ペダルを回すことは問題ないが、時おり鋭く痛みも走る。右足を引き上げる際に股関節が痛み、クランクを速めに回すと右の座骨に痛みが響く気がしてしまう。強い力が要らない下り坂でもこれでは、上り坂では痛みは増すに違いない。正平はロードバイクを止めて降りてみた。

やはり、サドルは十五度ほど前傾していた。腕に力を込めて水平に戻そうと何度か試みたが、サドルはピクリともしなかった。残る二つの峠はあきらめて、クリニックへ戻る方が良さそうだ。下りと平地であればなんとかこの状態のままでも走れるだろう。

十五キロの道のりを四十分ほどの時間をかけてクリニックへ戻ると、すぐに正平はスポーツ自転車店の店長に電話をかけた。

「こんにちは杉本さん。閉店時間ギリギリになりそうだけど、これから急いで自転車をお店に持ち込んでも良いかなぁ」

「良いですけど、どうかされたんですか」

「ちょっと修理が必要みたい。部品の取り寄せなど、エタップに間に合うと良いんだけど」

「わかりました。七時までですけど、少し遅れてもお待ちしますから、お気をつけてお越し下さい」

既に夕方の五時半だった。土曜なのでスタッフは全員帰宅している。汗に濡れた衣類は着替えるとしても、シャワーを浴びる余裕はなさそうだ。夕方の渋滞を見込むと、あと三十分ほどで自転車を車に積み、筑紫市へ向けて出発したい。

誰はばかることなく正平は全裸になった。右ひじの傷は急いで水で洗い流してもヒリヒリと響いてくる。圧痛がある右腰の大転子部には少し問題が潜んでいそうだ。ピッチリと腰を包むビブショーツの内側に薄いパンツをはいているが、血で赤く染まっている。ビブもパンツも繊維にキズ一つないのにである。その皮膚の表面は七センチ径の丸い擦過傷があり腫れているが、今のところ局所に熱感は無い。

正平は院内で治療に必要なものを集めて消毒し、滅菌ガーゼで腰と肘の出血を続ける打撲部をしっかりと覆った。そして乾いた下着と衣類を着て、自転車を車に積み込み座席へ座ろうとした。

『あぁ、なんということだ。ちょっとヤバそうだな、これ』

先ほどより明らかに痛みが増している。回旋具合を試す時間は無いが、足を抱えるように手を添えないと、右足をあるべき場所へ動かせない。運転席に座ってアクセルやブレーキペダルを踏みつける動作には全く問題はないが、右膝の挙上や右足の内転も痛みで出来ない。先ほどまで自転車のペダルを漕いでも問題はほぼ無かったが、どうやら挙上と内転あるいは内旋動作が問題のようだ。当然ながら、自転車のサドルより車のシートの方が痛みは少ない。

『股関節に何かあろうが、まずは自転車を修理しなきゃ』

その時の正平はまだ、身体のことは自分で点検修理できる気でいた。

夕方のラッシュアワーで少し時間がかかったが、何とか閉店時間ギリギリに杉本店長が待つスポーツ自転車店に到着した。

「お待ちしていました。あら、歩き方がかなり痛そうですねぇ。どうされたんですか」

「山からの下りでタヌキに激しくぶつかったんだよ。相手が恐怖で固まったのか、逃げなくて避けられなかった。仕方なく飛び越えようとしたんだけど、後輪がガツンと相手を踏んだ際に下からケツに強烈な突き上げを喰らって右へ転倒したんだよ」

正平は苦笑いをしながら、目視で素早く自転車の点検を始めている杉本に伝えた。

「サドルは大きく傾いていますね。フレームの損傷はほぼ無さそうです。変速機は大丈夫そうですが、フレームと連結するエンド部品は交換しないとダメですね。国内に部品の在庫があると思いますから、全体の点検と修理をしても恐らく一週間で大丈夫でしょう」

「フランスに間に合いそうだね、良かったよ」

「でもこれだけサドルが曲がる時は、相当な力で下から座骨や恥骨あたりを突き上げてるはずですよ。先生、キンタマ潰れていませんか」

自転車の損傷が小さいことに安心した若い店長は、年上の正平をそう言って揶揄った。

「大丈夫。医者だからわかる。それに、もう男も卒業だから、キンタマの一つや二つ、もう潰して無くなっても悲しむ女性はおらんよ」

「まだまだ男をあきらめて老け込むには早いですよ、先生」

正平は去年の高校の同窓会の晩に友人たちと語らった話が忘れられないでいた。還暦を過ぎても複数の愛人や二十代の恋人がいたり、こっそり不倫をしている同級生が何人もいたのだ。しかもそんな連中のほうが活き活きと仕事を続けて活躍もしていて、同時に家族との生活も大事にして暮らしているように思えた。これまで正平は実際に不倫の経験はなかったが、忘れてしまった恋心や危ない不倫への憧れを時々秘かに抱く気の弱い真面目な仕事人間でもあった。

夜八時、特に問題なく車を運転して家に戻った正平は、車から出た途端、実はまともに立ったり歩いたり出来ないほど右足や股関節などの痛みが増していることに衝撃を受けた。

妻子は墓参りで今夜は京都へ出かけており、母親は先週から入院中で、暗い家の中にいるのは、じっと黙って正平が餌を食べさせてくれるのを二階で待っている愛犬だけだった。だが、もはや杖無しでは一歩も動けそうもなく、ましてや愛犬が待つ二階へ行ける自信は全くない。治りが悪ければ週明けにでも受診しようかと正平は自転車を修理に預けた後に考えていたが、もう先延ばしする気持ちの余裕はなかった。

『だが、どうやって？』

明らかに悪化傾向で、この痛みなら大腿骨や股関節の損傷、あるいは骨盤骨折さえないとは限らない。股関節付近の大きな血管を傷つけショック状態に至る内出血があるかもしれない。重要な神経の損傷があれば、今後スポーツを趣味にすることは不可能になるだろう。次々と頭に浮かんでくる心配は尽きない。

「土曜の夜にごめんなさい、院長です。今、電話いい？　実はね、さっきタヌキと衝突事故を起こして、歩けなくなったんだよ」

正平が頼って電話したのは、五人いる事務員の一人、松田絵里香だった。小さな子供がおらず、正平を支える体力が一番ありそうだという理由だった。

タヌキの話が出たとき彼女は冗談だろうと思ったが、子細を聞くと電話機の向こうで驚きを隠せないでいた。

「それは大ごとですよね。ただ、今夜は友人を呼んでお酒を飲んで騒いでいたので、私がお手伝いするのは無理なんです。誰か手伝えるスタッフを探してみます。まず先生のお宅へ行き、ワンちゃんにエサをやるのを手伝って、その後で整形外科医が診察してくれる救急病院を今夜のうちに受診して、最後にお宅まで送り届ければ良いんですよね」

「そうです。土曜の夜だから整形外科医がいる救急は少ないだろう。恐らく筑紫市まで行かないとダメだろうね。もし骨折とかあれば、今日中に帰り着かないかも」

「わかりました。今夜診察可能な病院も手分けして探してみます。連絡しますから少しだけお待ちください」

ほろ酔い気分を邪魔されたにもかかわらず、松田は全てを理解してくれたようだ。

正平は電話を切ったあと、家の前に転がっていた木の棒を杖代わりにして家に入り、母親が使用している杖を探して、なんとか一人で二階へのぼることが出来た。真っ暗な二階の部屋では、ポツンと愛犬が帰りの遅い主人と餌を待ち焦がれていた。

餌を無事に与え終わりホッとしてから二分もしないうちに、事務員の入江由美から正平のスマホに電話がかかってきた。あと五分ほどで到着するから自宅前にいて欲しいとの連絡だった。彼女は子供も大学生だから、夜少し遅くなっても大丈夫なのだろう。

正平は杖を利用し、手すりにしっかりとつかまりながら慎重に階段を降りていった。痛みが強い右足は股関節も膝関節も曲げないようにし、杖を上手に使いさえすれば何とか足を運べるが、次第に単に立っていることさえ苦痛になりだしている。

「お待たせしました。大変でしたね。後ろの座席の方が座りやすいでしょうね」

到着した入江は心配そうに後部座席のスライドドアを開けて、正平の腰のベルトをつかんで引き上げ、彼が苦心して乗り込むのを手伝っている。

「病院なんですけど、近いところはどこも整形の専門医はこの時間帯には居ないとのことで、筑紫市の聖パウロ病院だけが救急外来で専門医が診察しているそうです。遠くても、専門医のいる病院にされますよね」

これだけ痛みが増強しているのだ。あるはずの骨折の部位と程度がＣＴ検査などで正確に診断されない限り、正平も週明け以降の仕事が可能なのかどうか判断できない。歩けないため、入院を強く勧められる可能性もある。その場合の様々な点の事前打ち合わせをするにも、事務員の入江や松田らと現状を共有できることは幸いだった。

聖パウロ病院に到着した午後九時過ぎ、見渡せる限りで救急外来には十五組ほどが待っていた。七割は乳幼児、大人の患者は数えるほどしかいない。診察室は三か所を使用し、スタッフも昼間並みに多いが、「整形外科は、診察まで約九十分」との案内があった。

『整形外科は数組だろうし、リアルタイム表示ではないだろう』

到着してすぐに車椅子の人となった正平も、院長婦人の役を恥ずかしそうに演じさせられている入江も、受付係や問診係などの動きや態度を同業者として学ぶ気持ちで眺めていたので退屈はしのげていた。

およそ五十分が経過した頃、ようやく正平の名前が呼ばれて看護師による問診が始まった。職業欄を見て彼が医師だと気付いた看護師は、自分の問診が採点でもされると勘違いしたのか、必要以上に照れ笑いを浮かべながら時間をかけて、「ご存じでしょうが……」という前置きを繰り返す。夜十時を過ぎて本音を察したのか、「骨折が無ければ良いですね」と言い添え、丁寧すぎる問診を短くしてくれた。

診察前までにレントゲン撮影をしておくよう指示された正平は、車椅子を入江に押してもらい、救急外来棟の奥にある撮影室で撮影台に寝ながら股関節を中心に何枚もの撮影を行うことになった。仰臥位になっている状態から座位になり車椅子へ移り乗るまでの一連の動作には自分でも信じ難いような辛さが彼を待ち構えていた。

仰臥位の姿勢から座位になるには患足を台から垂らすのが最初のステップだが、彼は右足を上へも横へも痛みで少しも動かせなかった。仕方なく右手で右膝の少し上をつかんで回すようにして台から膝下を垂らした。

後はベッドから起き上がるような動作を行うだけだが、幾ら腹筋に力を入れても、首が痛くて頭が少しも持ち上がらない。若い男女の放射線技師は不思議そうな眼で正平を遠巻きで眺めているだけで、少しも移動を手助けしようという気はないようだ。それは自分の仕事ではないとでも考えているのか、あるいはそういう規則なのか。撮影台から車椅子に自力で移乗するまで一分近くも独りで格闘することになるとは、病院を受診した時には思いもしなかった。

不安な表情で額に少し汗をかいている正平を、入江が撮影室の外で迎えた。

「台から起き上がるのに手こずったよ。骨というより、筋肉や神経までどうにかなったかもしれんね。もう僕はダメかもしらんね」

入江は院長にどう返答のしようもなく黙っていた。

次に正平が名前を呼ばれたのは、受付から九十分が経過した夜十時半過ぎだった。入江が正平を残して診察室から出ようとすると、担当医が彼女を呼び止めた。

「どうぞ奥さんもご一緒に説明を聞かれてください」

正平が妻の不在と、入江が職員である旨を若い整形外科医に説明すると、草場と名乗るその医師は、「せっかくですから、どうぞ」とにこやかな表情を崩さなかった。夜の多忙なこの時間帯で疲労が大きいにもかかわらず、妙に患者を安心させる笑顔だなぁと、正平は検査結果のことより担当医の態度を感心していた。

草場医師は先に伝わっている問診内容と単純レントゲン撮影所見から眼を離さず、一緒に写真に視線を注いでいる正平に、事故の発生状況と、発生時から現在に至るまでの痛み具合や腫れ具合、そして動きに変化がどう生じているかを確認するように問いかける。正平がスポーツを熱心に行う医師なので、質問するというより自分でどう自身の病態をとらえているのかを語らせようとした、というのが正しいだろう。確かに事故発生から約五時間、正平は彼なりに身体の奥で生じているかもしれない様々な可能性を考えていた。

『状況は骨折の存在を強く示唆している。それは骨盤に違いない。明日のライブは無理だろう。エタップ参加も諦めるしかないだろう』

様々に思いを巡らせていると、草場医師が正平に向き合って語り始めた。

「ツールと同じコースを走るなんて、きっと苛酷な大会ですよね。三週間後ですか」

多くの整形外科医がそうであるように、彼もまたスポーツマンらしかった。

「単純写真では、大腿骨も骨盤骨も、明らかな骨折の所見は無さそうです」

正平はホッとし、職員の立場で説明を聞いている入江もホッとしたようだ。

「でもですねぇ。どう考えても今の痛み方だと、恥骨や座骨あたりに単純撮影では写らない程度の骨折が恐らくあると思うんです。不安定化した骨折、つまり既にズレているような重症の骨折はないですが、烈しいトレーニング等で今後ズレて不安定化しかねない骨折箇所があるのではと私は思います。大会に参加するかしないかは別にして、現時点でCT検査をすべきでしょうね。でないと、先生なら明日から練習再開してしまうでしょう?」

若い整形外科医は、父親ほどの年齢の内科医に向かって笑顔でそう説明した。正平に異論が有るはずはなかった。もう一度、正平はCT撮影室で仰臥位から起き上がる孤独な苦しみを味わい、草場の診察室の前で二度目の審判を待つことになった。

日付が変わろうとする頃、正平は再び入江とともに呼び入れられた。モニター画面上に映し出されているCT画像を、草場医師は繰り返しスクロールしたりサイズを拡大したりして慎重に眺めている。診察室に呼び入れられてから無言で五分くらいが経過しただろうか、彼は気の毒そうな表情で正平に説明を始めた。

「ここ、ここ、それに判りにくいけどここも、それから多分ここも……。ざっと見ただけで、小さい骨折箇所が最低四カ所はあります。もっとあるかもしれません」

モニター画面の矢印を追いかけても、正平には骨折というより小さな傷程度にしか見えない。しかし、骨盤骨折や恥骨骨折はその程度でも相当な痛みと歩行困難を生じてしまうのだという。仮にズレが生じている不安定化した骨盤骨折であれば、相当長期間に渡って入院治療とリハビリテーションが必要で、開業医を継続すること自体が難しくなる。命に関わる事態も無くはない。どう考えても不幸中の幸いだった。

「CT検査してハッキリして良かったと思います。サドルが傾くほどの強い衝撃が下から座骨を突き上げた場合、このような骨折は納得いきます。検査せずに骨折無しの診断をしていたら、きっと早々に練習を再開され、運が悪ければ将来へ禍根を残されたことでしょう」

若い医師は患者の性格までも診断していたらしい。正平の性格を熟知する入江が、彼の後ろで声を殺して笑っている。

「先生、三週間後の大会に間に合いますか」

正平は質問するのが少し恥ずかしかったが、きっぱりと諦めるためには必要な質問だった。

「日頃鍛錬されているからこの程度で済んだと思いますが、この身体であの厳しい大会を完走したら、きっと映画や小説になりますよ。恐らく、参加しても途中リタイアになるでしょうね。しばらく自転車に乗ってはダメですよ。そうは言っても、痛みが軽減したらすぐに乗りそうですね」

　正平を諦めさせるには十分な説明だった。

「開業医さんなら恐らく入院もそう簡単には出来ないでしょうから、今後はご近所でリハビリを兼ねて診てもらってください」

　草場医師から松葉杖貸与の処方箋を発行してもらい、正平は同じ美川市内にある知り合いの整形外科へ宛てた紹介状を受け取った。

　土曜夜の時間外診療が終了し、正平が肩を落として聖パウロ病院を入江の車で後にしたのは、到着から四時間後の深夜一時を過ぎた頃だった。

　彼を物言わぬ愛犬しか待つ者がいない自宅へ送って、それから入江が家族の心配する自宅へ戻るのは恐らく二時を過ぎてからに違いない。他に頼れる者はないと言いながら、週末の深夜に六時間も付き添ってくれた入江や、話を聞いて心配してくれているだろう他の多くの職員たちには適当な感謝の言葉も見つからない。

　帰宅途中の車内で色々と思案することも多かったが、入江と別れて独りになると、正平は事故の前後で様々な運命が大きく変わってしまったことを強く感じるようになった。

　松葉杖を使用する際の荷重のかけ方を彼は良く理解しているが、自分のために使用することは初めてだった。愛犬と一緒に二階の部屋で寝る彼は、松葉杖を使って狭い階段を二階へ登ることが容易とは思えず、片方の杖を階段下に残して不器用に寝室へと登っていった。

第八章

泣くな爺医

――暗雲の翌日

第八章　泣くな爺医

暗雲の翌日

明るい陽ざしが寝室を満たし、まだ五時を少し過ぎた頃なのに正平は早くも眼が覚めてしまった。風もなく、暑過ぎもせず、素晴らしいトレーニング日和になりそうだ。が、深夜の二時に帰宅した彼はあまり良く眠れていなかった。それは、経験したことのない全身の痛みのせいであり、自分自身への情けなさのせいでもあった。いまこうして眼は醒めていても、身体を動かそうという気持ちには到底なれず、二度寝が出来そうな感じでもなかった。

「今日はもう少し寝させてもらうよ。お前も寝ていなさい」

餌はもう少し待ってもらおうと、正平は大きな声で愛犬にお願いした。明るい部屋の中で眠れないまま、ボーっとした感覚の正平はベッドの上で数時間もじっとしていた。

恐る恐る寝返りを打とうとすると痛みがより増してくる。右を下には到底無理だが、左を下に右を浮かそうとしても鋭い痛みが襲ってくる。右膝を立てようとしても、股関節の痛みで不可能だ。上体を起こそうとすると、不思議な痛みで頭や背中が持ち上がらない。右の肋骨が折れたような重苦しい胸の感覚は昨夜よりも増している。夜遅くなり病院ではその件を相談しないまま帰宅したが、いったい自分の身体がどうなってしまったのか、一夜明けても正平の不安は増すばかりだった。

昨日の夕方以降ほとんど水分も摂っておらず、それゆえトイレに行かなくて済んでいるのが唯一幸いなことだった。減量目的で食事量を大会へ向け減らしていたが、幸か不幸か今朝は食欲も無い。「良いダイエットになるなぁ」と、ベッドに仰向けになりながら苦笑いをする自分が正平は少し悲しかった。

時計を見ると、もう正午が近かった。部屋の隅で愛犬がゴソゴソと動きを見せているのを感じる。やはり早く餌が欲しいのだろう。

急に目標を失った正平には日曜日に特にするべきこともなかったが、夕方から福岡市内で開催されるライブをどうするかが今日の一番大きな問題だった。車に乗り込みさえすれば恐らく車を運転すること自体はできるし、電車やタクシーを乗り継ぐより楽だろうと思うものの、駐車場から会場までの歩行距離は彼の大きな不安だった。特に今日は隣のドーム球場でプロ野球が開催されており、運よく近くの駐車場が空いている可能性は低い。

自分だけなら家でじっと寝ている選択肢もあっただろうが、友達といえるほどの関係でもない女性を一緒に行ってくれないかと昨日誘ったばかりだった。彼女は仕事を少し早めに切り上げてまで正平に付き合ってくれるという。正平はいつの間にか年甲斐もなく淡い好意を寄せ始めているかもしれない自分に気がついていた。

『もし骨折して松葉杖を使用しているのを打ち明けたら、ライブ参加は止めて治療に専念すべきだと彼女は強く説得するに違いない。しかし……』

出来れば座ったままでもライブには参加したいし、久しぶりに彼女にも会って直接話もしてみたい。そんな本音に逆らわず生きることを正平は選んでみることにした。

『入院中の母親には退院の日まで言わずにおこう。妻と娘たちにも伝えないでおこう』

ベッドから起き上がろうと孤独に格闘しながら、正平はそう考えていた。

妻と娘たちはライブより京都へ行くことが楽しみでもあったようだし、少し贅沢して素敵なホテルに昨日から宿泊していることだろう。入院したならいざ知らず、怪我を知らせても遠くで困惑するだけだろう。ただでさえ彼が事故に合わないかをいつも心配しているほどだ。せめて杖歩行をしている姿は見せたくはない。どうせ明日からは普段通りに診察することになるだろうし、代理医師をさがさずとも何とか仕事は乗り切れるだろう。正平はそんな淡い夢物語を独り家の中で思い浮かべている。

昨夜処方されたカロナールを二錠頓用したが、鎮痛作用は微々たるもの。犬の餌を準備するのすらこうも厳しいかと、今後のことを思いやった。動かず何もしないことが一番だと、医師の正平はあらためて思い知る。

言葉の通わぬ愛犬は不思議そうに主人を見上げているが、長い棒を恐れていつもより距離を取り、尾を振る素振りも見せてくれない。朝から待ち焦がれていたはずなのに、いつもと様子が違う男が床においた餌にはなかなか近づこうとしない。

苦労して階段を一階へ降り、正平は誰も居ない静かな家の中を松葉杖で歩いてみる。座敷や縁側は杖の練習にはもってこいだが、立ったまま仏壇に手を合わせていると、なんと無様な姿を晒しているのかと、彼は自分が情けなくなった。当面の目標が消えただけでなく、先が見えないリハビリテーションの日々が暑い夏に待っているかと思うと、暗い気持ちが正平を覆っていく。

ライブへ出発する前に少し時間があるので、正平は明日からの仕事をどうこなしていくかをクリニックへ出向いてシュミレーションしてみることにした。

自動車の運転はほぼ問題無いが、松葉杖が大き過ぎて取り扱いが面倒だ。屋内では使い勝手が悪すぎるし、見た目がそもそも大袈裟すぎる。クリニック内のどこかには登山用の軽量なストックが有ったはずで、院内や家庭内ではむしろ重宝することだろう。

診察室の椅子は単に座っているには問題ないが、座ったまま患者に近づこうと足を使うと座骨や股関節に鋭い痛みが走る。これまでのように自分で扉を開いて患者を呼び込むような動作は全く出来そうもない。余計な作業にはなるが、スタッフに全面的に手伝ってもらうしかないだろう。

問題は発熱外来をどうするかだ。ここ最近、また新型コロナの患者が増えている。どうみても第十一波だろう。多くは軽症だが、その感染力はこれまで以上に強いようだ。直接来院されれば診察も断れないし、動線を分けないままに通常の待合室や診察室で診療を行うわけにもいかない。ここは今まで通りに、裏口に近い場所に設置した隔離診察室か駐車場で対応することを継続すべきだろう。ただし、座らずに立ったままでの診察となることを事前に伝えてからだ。

幸い洋便器の利用にも支障はない。院内は全館バリアフリー対応にしているから、なんとか仕事は出来そうだ。むしろ問題は精神的なことかもしれない。

『入院しているのが当然なのに……』

日曜日の仕事場にポツンと独りいると、誰かの言葉が幻聴のように聞こえてくる。

『いったい何と引き換えに、代りがいない仕事をしているのか。お金？　やりがい？　社会的名声？　もし自由な時間が手に入るなら、他には何も要らないさ』

そう叫びたい気持ちが正平の中で急に膨らんでいく。

『おい、泣くな爺医』

公演日程が発表されてからずっと楽しみにしていたはずなのに、駐車場からライブ会場までの道のりは正平を苦しめるには十分な距離だった。

幸い暑過ぎもせず雨の心配もなかったが、ちょうどプロ野球の試合が終わったのだろう、歩道いっぱいに隙間がないほど多くの人々が正平の方へ向かって歩いてくる。地下鉄の駅に向かう親子連れや若者達。揃いのチームユニホームを身にまとい、メガホンやタオルを手にした屈託のない笑顔と会話の声。きっと地元ホークスが勝利したに違いない。

馴れない松葉杖で歩く正平は、少し幅を取りながらゆっくり歩かざるを得ない。逆方向に向かってくる人にとっては、突然目の前に避けることもなく立ちはだかる松葉杖の男は邪魔以外の何者でもなかったに違いない。

やっとのことでライブ会場へ到着した時、自転車で百キロ走ったような疲労感を正平は覚えていた。余裕をもって来たつもりだったが、開場の時間まであと十分ほどだった。入口への長い列はずっと先まで伸びており、その最後尾は階段を降りた先の見えない場所へと続いている。もうこれ以上は歩けず、長い列が短くなり並ぶ必要がなくなるのを彼は入口の横で待つことにした。

そんな松葉杖の男を気にしている観客はいない。白髪頭は当たり前。お腹を膨らませた男性や、顔のしわや弛んだ肌を隠そうともしない女性たちが彼の前を笑顔で通り過ぎていく。ファンの多くは、彼と同じく四十年以上もアーチストと一緒に年齢を重ねて来ていた。

開演時刻まであと五分の案内が流れた。

入口のある二階のグッズ販売エリアにいる観客たちが一斉に一階にあるメインホールへと階段

を降りていく。正平はスタッフにエレベーターの場所を尋ねたが、階段しかなかった。気の毒に思った男性スタッフがお手伝いをしますと言ったが、どう手伝ってもらうのが楽なのか良く分からない。正平は松葉杖を彼の手に預けて、自分自身は壁の手すりにつかまり右足を曲げないように注意しながら半歩ずつ足を運び、ほとんど最後の観客として座席に着いた。

広い会場で空席は正平の隣だけだったようだ。メールで電子チケットを渡していた植松彩花とは、開演後に座席で会うことにしていた。

『彼女は本当に来てくれる？　こんな松葉杖姿を見てどんな表情を見せるのだろう』

オープニングから観客は総立ちだった。後方であれば座ったままの正平にはステージ上が何も見えなかったに違いないが、幸運なことに二列目だったので、座ったままでもステージ全体が良く見渡せた。

一九八二年から百回以上も佐野元春のライブに足を運んでいる彼は、いつもの様に歌ってダンスが出来なくても、素敵な音に包まれながら神と一緒に同じ空間にいれればそれだけで良かった。

会場スタッフに案内され、彩花が正平の隣に空いた席に座った。最初に彼女の視線が捉えたのは、彼が手にしている松葉杖の方だった。

驚いた表情の彼女の左手が彼の右肩にそっと添えられた。そして彼女は正平の耳元にその優しそうな唇を近づけてくる。艶やかなセミロングの髪がまとう爽やかな柑橘系の石鹸の香りとともに、久しぶりに聞く甘い囁き声が耳元で聞こえてきた。肌が触れていないのに、その温度感までハッキリと伝わってくる。

「この松葉杖はどうされたの？」

彼女は顔をゆっくりと離し、労わるかのように少し細めた眼で彼を心配そうに見つめている。どんな答えを待っているのか……。

「あとで詳しくお話ししますから」

大音量での演奏の途中、彼は恥ずかしそうな笑顔を彩花に見せる。

彼女は軽く首をかしげるような仕草を見せた後、ニコッと笑ってからステージで演奏するバンドのメンバーたちに顔を向けた。照明に照らし出された彩花の表情は、横から見るとより一層美しく輝いていた。

彼女が会場に現れた時、既にライブは半分ほどが過ぎていた。正平にはなじみの曲ばかりでも、普段彼の音楽を聞き慣れない人々にとっては、聞いたことがある曲はきっと数曲だったのではなかろうか。多くが新曲で、少し地味な曲も多かった。彼女には今夜のライブは面白くなかったのではないだろうか。

正平は少し申し訳ないことをしたと思いながら、ゆっくりと席を立った。

松葉杖をスタッフにあずけて手すりをつかまりながら長い階段を登っている正平の姿は、まだ何も真相を知らない彩花には衝撃だったようだ。

彼女は松葉杖の邪魔をしないよう少し隣に間をあけて歩いていく。

「もしよろしければ、軽くコーヒーだけでも」

松葉杖の秘密を聞きたかった彩花はすぐに同意したが、ひとつの条件をだした。

「村田さん、このまま夜の街をドライブしませんか。佐野さんの歌を聴いていたら、夜景を見ながらゆっくりと過ごしたくなりました。コーヒーをテイクアウトして……、いかがですか」

正平には思いがけないものだったが、明るい場所で落ち込んだ表情を読み取られたくないと思っていたので嬉しい提案でもあった。

ライブハウスの隣の大きなショッピングモールを抜け、松葉杖をついた初老の男とコーヒーを手にした女性とが並んでゆっくりと歩いて行く。

二人は赤い革シートの車に乗り込んで座った。車内にコーヒーの香りが漂い始める。エンジンを始動させるボタンを押すと同時に、ビリージョエルの曲「ピアノマン」が流れ始めた。

正平はゆっくりと幹線道路へと車を進め、ドーム球場の横を通って都市高速のランプを目指した。そのまま東へと環状線外回りに合流する。テールライトの帯が海沿いの高速道路の行く先を明るい川のように見せている。右手には高層のホテルやドーム球場やマンション群が並び、左手に広がる暗い海には幾つもの船の灯と、その向こうに海の中道に点在する家々の灯が煌めきながら浮かんでいる。

「先生、いかがですか」

彩花が暖かいコーヒーを正平に手渡すと微かに肌が触れ合った。あの細長い美しい指のイメージが正平の眼に浮かんでくる。

「きれいな夜景ですね。ビリージョエルの曲も素敵ですけど、村田さんの隣で佐野さんの曲を聴いてみたいなぁと思いました。別に、このままでも良いですけど……」

正平は前方を見つめたまま昨日の事故から昨夜の病院受診したことなどをできるだけわかりやすい言葉で彩花に語って聞かせた。

「昨日の昼過ぎに交わしたメールでは、全くこんなことになっているなんて気がつきませんでした」

事故そのものだけでなく、彼女は夜の病院を受診した時の苦労話にも驚いていた。が、最も驚いているのは、正平が松葉杖姿でライブに参加したことだったようだ。

「数か所も骨折があるというのに、ライブに参加しても良かったのですか」

彼女は聞きたいことがたくさんあるようだった。

「大丈夫、じっと座っているだけだから。それに、車の運転は不思議と何ともないんです。乗り降りの際だけは痛くて手こずりますけどね」

そう正直に伝えても、彼女は決して信じられない様子だった。

「嫌じゃなければ、お宅まで送りますよ。どの辺りですか」

笑いながら話す正平にどう反応すればいいのか、彩花は少し困っているみたいだ。

「不幸中の幸いでしたね。それにしても佐野さんが大好きなんですね」

「もし植松さんが一緒でなかったら、恐らく家で寝ていただろうと思います。あなたに会いたくて無理に来たようなものです」

突然繰り出された正平のストレートな感情表現をまったく予期していなかった彩花は、恥ずかしそうに下を向きながら手にしたコーヒーを少しだけ飲んだ。直接見なくても、彼女のどんな些細な仕草も正平には想像がついた。

それは懐かしくも新鮮な感覚だった。ずっと昔に忘れさっていた初恋のトキメキにも似た感覚を正平は思い出していた。

「まさか大会直前にこんなことになり、本当に残念でしたね。ニースはどうされるんですか。予定通り行かれますか」

大会棄権は誰もが当然のように考えることだった。

「順調に練習も進んでいましたから凄く残念です。でも、本音では行きたいんですよねぇ……。良かったら、一緒に行きませんか」

暗くなりがちな車内の雰囲気を正平は一気に変えたかった。

「えっ？　良いんですか。ホントに会社に休暇申請しちゃいますよ」

　さすがに彩花も、この質問だけは笑い飛ばすしかなかった。正平も彼女のこんなウイットに富んだ切り返しが大好きだった。

「五年振りでしたからね。こう言っては失礼ですが、先生の年齢だと一年でも早くやり残したことをやり遂げたいですよね。私ももう若くはないですし、先生のお気持ちは痛いほど良く分かります」

　彼女と暗い話をすることになるとは、昨日の夕方までは考えたことはなかった。

　左手には夜の空港が広がり、高速道路と並行する滑走路から盛んに飛行機が離着陸している。曲は、「ニューヨーク・ステート・オブ・マインド」に変わっていた。

「とてもお忙しい中を、きっちり準備を進めてこられていたんですよね」

　彩花が言う通り、順調に正平は南仏行きの準備を進めていた。過去の準備状況と比べると確かに練習時間も少ないが、仕事に割く時間がコロナ前よりも圧倒的に増えていたからだった。数少ない経験ながら準備すべきメニューは十分に理解していたし、経験則と要領の良さを組み合わせれば、今回も完走へ向けての処方箋は既に発行できる状態だった。が、既に参加を断念した今ではどうでもよいことだった。

「エタップや他の有名なヨーロッパのサイクリング大会がこれほど先生の心を惹きつけるのはど

うしてですか。日本では考えられないような特別な何かが有るのでしょうか」

質問が正平の悲しみに追い打ちをかけるかもと思いながら、どうしても彩花は聞いておきたかった。幸い彼女の口調は彼を刺激することはなく、逆に落ち込んでいる正平を明るくさせたほどである。

「エタップと他の大会は一緒には語れません。エタップは毎年別のコースなので、どんな有名な峠を越えるのか、どんな景色を見られるかなど、挑戦と同時に旅の感覚も味わえます。プロのツール・ド・フランスの実況放送と比較しながら楽しめたりもします」

「やはり先生のなかではエタップが一番の大会でしょうか」

「世界で一番有名なので、一番人気なのは確かでしょう。お祭り気分で楽しいですからね。でもあまり有名でない峠ばかりだったりすると、期待が大きいだけに後悔する大会でもあります。人々は大きな費用をかけて休みを取って世界各地から参加しますからね」

「他の大会との一番の違いは何なのでしょうか」

「僕はエタップの他にはフランスのマーモット・アルプス・グランフォンドに参加しましたし、ここ五年間はイタリアのドロミテの大会を一番参加してみたい大会だと考え検討を重ねてもいます。道路封鎖してくれる安心感は一緒ですし、スタートとゴール地点は同じです。憧れの有名峠を次々に回っていく固定コースですので誰もが一度は参加したくなる素晴らしいコースです」

「来年はどうされるんでしょうか。また挑戦されますか」

六十五歳ともなると、一年一年少しずつ衰えていく現実は隠そうとしても隠せない。

「さぁ、どうだろうかなぁ。母が病気や介護になれば無理だろうし、妻の両親の健康問題もあるだろうし、それなりに責任のある年齢になってきたからね」

「そういうものなのでしょうね、人生というのは」

「エタップに限らず、なにか大きな挑戦をするときには幾つもの条件が揃わないと難しいと最近よく思うんだ。体力のある若い人たちなら少しトレーニングすれば誰だって完走できるだろう。彩花さんだって、数年練習すればきっと大丈夫だよ」

「私には無理でしょう」

「大丈夫だよ、きっと。でもね、若い人達には経済的なこともあるし、子育てで難しい場合もあるだろう。他にやりたいことがたくさんあるかもしれないし、休みをとることが難しいかもしれない。色んな理由でそう簡単に好きなことを好きな時に出来ないのが人生なんだと今になって思うようになった」

「そうかもしれないですよね」

「そうこうしているうちに、五十、六十と年をとっていき、今度は身体が付いて行けなくなるけど、それを若い時にはなかなか実感出来ない。僕も気がつくのが遅かった」

曲が変わって、「アップタウン・ガール」が流れ始めた。

「ちょっと話題を変えましょう。彩花さんは、取材ばかりでテレビ番組には出ないの」

正平はチラッと彩花の方を向いて言った。

「村田さんはお忙しいから、お昼や夕方のローカル番組はご覧にならないんでしょう？　時々私もレポーターや小さなコーナーの司会者として出ていますよ。結構男性の視聴者に人気なんですから」

「へ～っ、知らなかった。ですよねぇ。その美貌がもったいないですよ。ファンレターとかもらうことありますか」

「時々いただきますよ。独身ですか、とか、結婚してください、とか。いきなりで笑っちゃいます」

「よく分かります、そんな男性の気持ち。でも、ボーイフレンドはおられるんですよね」

「それは秘密にしておきましょう。それから、今夜は部屋に詮索好きな妹がいるハズなので、少し離れた場所で降ろしてくださいね。それに……」

「それに、何ですか」

「男性の方が訪ねて来られると、うちで飼っている猫が、その方の足元にまとわりついたり膝に乗ったり手や顔を舐めたりする悪い癖があるんです。若いメスの黒猫なんですけど、素敵な方ほど被害に遭われるみたいで、二度とお部屋には来られなくなります」

「それは大変だ。どっちみち足が痛いから部屋までは送れませんけどね。でも、きっと妹さんも美人なんでしょうねぇ」

「さぁ、私よりモテるのは確かみたいですけど」

嫌なことをすべて忘れて、今夜初めて車内の二人は顔を見つめ笑いあった。

「彩花さん。僕はこのまま引き下がれません。どうしても希望が捨てきれません」

「村田さん……」

「あなたと話していると、なぜか前向きな気持ちになります。これから三週間、どう僕の気持ちが揺れ動くのか自分でも不安ですが、時々相談相手になってもらえませんか」

正平は思い切って話をして少し気持ちが落ち着き始めていることに気がついた。泣いているばかりだった心の中で、少しずつ何かが変わろうとしている。

「私でよければ、いつでも胸の内を聞かせてください。一緒に悩んであげますよ」

彩花はそう言って、また明るく正平に笑いかけた。

第九章 微かな希望

――三日後

第九章　微かな希望

三日後

月曜日の朝、トボトボと松葉杖を使いながらクリニックへ現れた院長を見た職員たちは、入江由美から回り始めたグループＬＩＮＥで想像はしていたものの、いざ本人の痛々しい姿を見ると一様にショックの色を隠せなかった。

正平は事務や看護のスタッフたちに、今後しばらく予想される困難とその対応策をできるだけ詳しく具体的に説明した。そして、神妙に「申し訳ない……」と付け加えるのを忘れなかった。

「院内では患者の手前、松葉杖は使わないようにするから」

正平は誰にともなくそう言うと、持ち出した軽いアルミ製の山歩き用ストックの長さを調節し、自分なりの速度と歩幅で院内を歩いてみせた。案外と上手に動く正平をみてスタッフたちも安心したが、彼女たちの胸の内に隠された不安は小さくはなかった。

患者を診察室に呼び入れる役は正平から看護師に変わった。十年ほど前までの太った彼は診察椅子から立ち上がろうとせず一日を過ごしていたが、今日から止むを得ずその状況に戻っただけだとも言える。

日曜、月曜と彼は何かしらの改善傾向を期待しながら生活していたが、杖の使用方法が少し上達したくらいだった。ただ、足腰の動かし方によっては痛みを嘘のように感じない時間もあり、微かな希望にすがりたいという思いも彼の胸の内に燻り続けている。

火曜日の夕方、もうすぐ五時半をまわろうとしていた。

外来患者がようやく途切れたところで、近所の整形外科に彼は電話をしてみた。聖パウロ病院からの紹介状の宛名の星野医師のクリニックだった。

「美川ハートクリニックの村田です。六時までの診療時間に少し遅れますが、僕自身の骨折のことで診察いただけないか、院長先生にお尋ね願えませんでしょうか」

安静以外の良い方法があるとも思えず、正平に受診する気持ちは当初なかったが、昨夜も植松彩花とメールで相談に乗ってもらううちに少し前向きな気持ちに変わっていた。

「どうぞ、院長が診察いたします。気をつけてお越しください」

不安が一向に小さくならない正平は、聖パウロ病院で撮影したＣＴ検査結果が収録された光学ディスクを受診の前に見直した。

『こんなに小さな傷でも、これほどの痛みを夜昼なく与え続けるのだろうか。まさか不安定化していないだろうか』

六時七分頃に星野整形外科に到着し、彼は病院で作成してもらった紹介状と検査データを受付に手渡した。リハビリテーション室の前では女子高校生が理学療法士と何やら話をしている。どこかの運動部員が学校帰りに治療のため立ち寄っているようだ。

「村田先生、診察室へどうぞ」

正平が診察室へと呼び入れられると、パソコン画面のCT検査結果を顔を近づけて眺めていた星野が、登山用ストックを手にスムーズに歩く正平の姿を見て驚いた様子だった。

「まだ受傷されて確か三日目ですよね。CT所見や紹介状の文面では、とても松葉杖を手放せる状況には思えませんし、本来なら入院していて当然ですよ。確か村田先生は私より五歳上ですよね。普段から鍛えられている成果なのでしょうが、いやぁ～凄いですね」

褒められているのか、呆れられているのか、正平は気恥ずかしい思いだった。

「恥座骨のフレッシュな骨折ですよねぇ。ちょっと診察してみましょう」

両手のストックは保持したまま、正平は星野の指示のままに足を動かそうと試みる。

「立位での屈曲は他動的には問題ないですが、自動では少々厳しいですね。伸展はマアマアでしょうか。外旋より内旋の方が難しそうですね」

正平は自分でも何度か試していたので、意外な結果ではなかった。

「次はベッドに仰臥位で寝てください。痛むでしょうから、ゆっくりで良いですよ」

やはり診察用ベッドへの移乗は非常に時間を要した。首と右の肋骨の痛みも日に日に増している。なにより座位や臥位で右足を少しでも挙上しようとすると、かなり激しい痛みが股関節周囲に襲ってきて、ほんの数センチの挙上すら出来ない。助けを借りてようやく仰臥位になっても、後で再び起き上がるには永遠の時間がかかってしまう。それに関する改善の気配は一向に無いどころか日に日に悪化していて、それが彼の一番の不安だった。

「内旋はかなり痛むようですが、外旋はなんとか行けますね。……ハイ、もういいです。ゆっくりと起き上がってください」

自宅のベッドで自己診断をした結果とほぼ同じだが、深刻な結果を改めて突き付けられているようだった。

「骨折は少なくとも五か所はありますね。座骨に二か所、恥骨に二か所。そして寛骨臼に一か所あるようです」

「そうですか。四か所かと思っていました」

何か少しでも光明が見いだせないかという淡い願望は潰えたかに思えた。

「聖パウロ病院でも言われたかと思いますが、日常生活で痛みを感じなくなるまでにはかなりの時間を要しますよ。幸い骨折箇所にズレがないので手術をする必要はないですが、なにしろ恥骨や座骨ですからねぇ。自転車はサドルの上に座って足を回すから、ちょっと致命的な骨折箇所ですねぇ」

星野は気の毒そうな表情で正平を見て、また説明を続ける。

「仮に早いタイミングで練習を再開すれば、いま以上に解離やズレが生じやすく、完治にはなかなか至らないものです。もし骨折箇所が大きくズレて不安定化すれば、手術が必要になることもあります。現状は幸運にも骨折箇所の数の割には安定しているので、数か月もすれば痛みも消え、そのタイミングで練習を再開できそうです。恐らく来年の大会なら参加出来ますよ」

正平は説明を黙って聞いていたが、予想を超えた治癒への悲しい予定表だった。

「数か月しないと練習再開は難しいということですか。大会まで三週間なんですよ」

「これだけの骨折の状況から考えると、かなりの衝撃がサドルから加わったんでしょう。大きな岩でも乗り上げたんですか。……えっ？　タヌキですか」

タヌキと聞いて驚かない人は恐らくいないだろう。

「相当痛いならカロナールよりもロキソニンを使用するほうが、抗炎症作用も期待出来ていいですよ。どうですか、椅子に座ったままの診療も痛くてしづらいでしょう」

星野の想像はほとんど図星だった。

「先生、あと二週間少々でフランスの自転車大会へと向かうのですが、私に何かできること、試すに値する治療の方法などはありますか。少しでも何かいい方法があれば、ダメ元でやってみたいんですよ。でないと、きっと後悔しそうです」

「そうですねぇ。一番の問題はサドルに長く座れそうもないことでしょうね。それに寛骨臼、つまり股関節の寛骨側の骨折箇所がちょうど大腿骨の骨頭と当たるから、それが原因となる激しい疼痛で右足の引き足が全く期待できないでしょうね。平地なら引き足は必ずしも要らないでしょうが、厳しい斜度の坂道では引き足が出来ないと疲労が半端ないですよね。今回はどれくらい獲得標高があるのですか」

「一三五キロで、四六〇〇メートル登ります。ほとんど平坦区間はないです」

日焼けして精悍な顔をした星野はどう返事をすべきか相当迷っていた。プロスポーツのチームドクターやトライアスロンの経験があるだけに、ロードバイクの足の動きに関しても詳しそうだ。正平は星野の意見には従うべきだろうと感じていた。

開業医仲間の村田ではなく普通の患者であれば、星野は純粋な医学的見地から「参加など不可能です、とんでもないです」と厳しく言い放ったことだろう。

「ツール・ド・フランスに登場する苛酷なコースですよね。先生には行かない選択肢はありますか。あるいは、中途で棄権する覚悟はありますか。普通に考えて、骨折から三週間以内に完走することは、プロでも難しいでしょう」

星野は硬い表情でそう言った。正平は深呼吸をした後で思いつめたように答える。

「昨年の十月から、いえ、五年前から入念に準備してきた大切な大会なんです。骨折の状況が深刻なことは理解していますが、この期に及んで、僕には出発しないという選択肢はありません。当日朝の痛みの状況で参加出来ないということなら諦めますが、とにかく自転車を運んで現地に行き、スタートラインにはぜひ立ちたいんです」

星野は少し困ったような顔をしていたが、スポーツマンらしく前向きでもあった。

「フォルテオという遺伝子組み替え薬の自己注射を試してみますか。副甲状腺に作用して骨新生を促す薬で、保険が利くのは骨粗しょう症で骨折のリスクが非常に高いとされる高齢女性だけなんですけど。これがいま、実はベッカムとかプロスポーツ選手の骨折治療によく用いられているんです。アルファロールなどと併用しながら使ってみますか。血中カルシウム値をモニターしながら、一日一回インシュリンみたいに自己注射する方法です」

「そんなのがあるのですか。リスクは小さいんですか」

「プロチームだから効果も副作用も検証していると思いますね。彼らは一日でも早く試合に復帰したいですし、深刻な副作用も避けたいでしょう。今日から三週間、出発まで毎日自己注射されてみてはどうでしょう。恐らく一番効果が期待できる骨折の治療法です。あいにく自費扱いになりますが、原材料費だけで一か月分が三万円ほどでしょう。中尾さん、在庫ありましたよね」

隣にいる中尾と呼ばれた看護師は、大きく頷いてみせた。

「わかりました。ぜひ試してみたいです。他になにか出来ますか」

「松葉杖の方が荷重軽減には良いかと思いますが、患者さんの手前、松葉杖は悩ましいですからね。ストックは上手に荷重を避けるように使ってください。眠るときは、膝の下に枕をおいて自然な角度に膝関節や股関節を保つ方が筋肉への負担を減らせます」

「あっ、それはもう始めていました」

「そうですか。鎮痛剤で落ち着かせても、まだトレーニングしたらダメですよ。それに、骨盤骨折の場合は大量の内出血が後で判明することもあります」

「仮に無理をして今後骨折箇所がずれて不安定化した場合、先々日常生活に支障が出たりサイクリングをあきらめなければならないようなことになりますか」

およそ医師とも思えぬ正平の素人的な質問に、年下の星野は笑いながら応える。

「不安定化しても手術をすれば何とかなりますが、手術をすれば半年くらいは今までのような生活には復帰出来ません。しばらくは大人しくしておくことですね。その上で、仮に行くとしても、三週間後の大会当日に痛みがほとんど消えているようならば……という条件つきでしょうね。まぁ、この怪我でニースで走れるとすれば奇跡でしょうけど、先生のことだから、きっと奇跡を起こされるでしょう」

奇跡をもたらす男と評され、返事に窮する正平は苦笑でごまかした。

スポーツ好きな専門医からの忠告は、確かにそうだろうと正平を納得させた。星野のクリニックを後にした彼は、できる限りのことをして奇跡を待とうと心に決めていた。

それからの正平は必死だった。焦る気持ちを抑えて安静を保ち、荷重を減らして骨折箇所への負担を軽減することを最優先させた。夜寝る前には翌朝に奇跡が起こっていることを期待したが、逆に大転子付近の腫脹は日毎により目立つようになり、そこから膝上にかけて広範囲に内出血の黒ずんだ範囲が広がっていった。受傷当日の内出血の量は最初に思った以上に多かったようだが、幸いにも神経の麻痺はなさそうだった。

ロキソニンの鎮痛効果はカロナールに比べると絶大で、診療時間中に正平は患者を目の前にして苦痛に顔をしかめる必要はなくなっていた。片方のストックのみでゆっくり歩くこともなんとかできるようになった。

【今日は杖を一本にしても少し歩けました。トイレも少し楽になりました。笑】

幾らかでも快方へ向かうと彼は嬉しくなり、そのたびに彩花へメールで報せた。

【村田さんならできるハズ。でも決して焦らず慎重に】

それほど時間を待つこともなく届いた彩花からの返信に正平は勇気づけられる。

その日の診療を終えた頃、ローカル情報番組の中で初めてテレビに映る植松彩花の姿を正平は見た。普段の爽やかな表情とは違って少し華やかな印象だったが、正平はどちらの彩花も素敵だと思った。彼女から届くどんなメールにも正平は勇気づけられる。

星野整形外科を受診してから、日に日に正平は少し良い方向へ向かっている気がしている。毎朝フォルテオを冷蔵庫から取り出し、アルコール綿で腹部を摘まんで自己注射をするときの微かにチクリと刺す痛みも、早く次の日が来てまた自己注射がしたいと思うほど今やささやかな快感に変わっていた。

木曜の夕方に正平が仕事から帰ると、その日に大学病院を退院したばかりの母親が家で夕食の準備をしていた。

正平は離れて暮らす妻子にも入院していた母親にも、自転車事故のこと、骨盤骨折で歩行が難しいことはまだ話していなかった。大らかな性格とはいえ、母親である以上、息子が大怪我にあって冷静でいられるわけはないだろう。電話やメールで伝えるより、実際の姿を見せて直接安心させるような説明を試みたいと思っていた。

「ハ～イ、お帰り～。無事に退院してまいりましたよ。久しぶりにワンコの散歩にも行ってきた。……あらっ、正平、足は……」

ストックを杖代わりにして帰宅した正平の姿に、彼の母親は目を丸くして絶句した。

「心配しなくていいから。ちょっと転んだだけ。ちゃんと歩けるし、車での通勤も仕事も普通にできるから、心配しなくても大丈夫。入院中に言うと心配するだろうから今まで黙っていた」

母親は正平の姿を頭の先から足の先まで食い入るように眺めている。

「自転車でしょ？　気をつけないと、あなたが半身不随にでもなったら、私も真美子さんたちもワンコだってみんな困るわよ。気をつけなきゃ……。ちゃんと真美子さんには知らせているの」

「まだ話してない。今週末会う時に説明しようと思う。それから、週末は真美子と由布院に行くからね」

「気をつけなさい。フランスはどうするのか知らないけど、無理して後々歩けなくなったら困るしねぇ。よく真美子さんと話をして、行くなら行くで、絶対に無理はしなさんな」

正平は久しぶりに悲しそうな母親の表情を見てつらくなった。

「パパは大丈夫かねぇ。あなたも心配よねぇ……」

母親は愛犬に赤ちゃん言葉で話しかけながら、そのまま胸に抱いて台所の方へと戻っていった。

やりたいことは全て自由にやらせてくれた母親も九十歳近くなり、自分のことで悲しませてしまうことだけは避けたいと正平は神妙になってしまった。

皮下出血の広がりも止まり、次第に転子部の腫脹も落ち着き始めている。階段も、手すりを掴まずにストックを上手に使用すると痛みをそれほど感じずにゆっくりと登れるようになってきた。いまはまだ右足を伸ばしたままだが、来週には右足も屈曲させ左右対称の動きが出来そうな気さえしている。

いつか受傷して杖歩行を余儀なくされていることが妻子にバレることは当然だが、少しでも改善した姿で会おうと連絡を先延ばしにしていた。早く伝えたところで、無用の心配をさせるだけだろう。

【明日は現地で会おうね。僕は三時半までには到着できる。君が先に着いたら、チェックインしておいて】

正平は夜遅く母と二人で暮らす家に戻った後、妻に明日のメールをして眠りについた。


本格的な梅雨入りの先駆けだろう、土曜日は少し天気が崩れて小雨の週末となった。練習のために自転車を運ぶ理由も無くなり、正平は午後二時に診療を終えて妻と過ごす旅館へと向かった。

由布院の旅館、亀の井別荘には真美子の方が先に到着していた。離れになっている部屋の内風呂で日頃の疲れを癒した彼女は浴衣を羽織り、整えられた庭を見ながら寛いでいたところだった。

「あら、正平さん、どうしたの？」

遅れて到着した夫の痛々しい姿を見て、真美子は驚いた表情で問いかけた。彼はこの日、これまで彼女が見たこともない二本のストックを手にしていた。

「うん、一週間前にタヌキと交通事故を起こしてね」

「えっ、タヌキ？　自転車で？」

「そう、間抜けなタヌキと衝突してね。骨盤を痛めたけど、だいぶ良くなってきた」

明らかに嘘をついている夫に気がつかないはずはない。彼女は何一つ見逃さないようにと、心配気な視線を彼の一挙手一投足に注いでいる。

「本当は重症なんじゃない？　骨折してないの？」

「うん、少しだけ。でも大丈夫。かなり改善してきたから」

正平はもともと嘘が下手だった。真美子には嘘がすぐばれてしまうので、彼はこれまで隠れて遊びに行ったり、ましてや浮気をしようとしたこともなかった。今度のことも、隠そうとしても真美子にバレないはずはなかった。

「そんな身体じゃ、とてもニースには行けないでしょう。どうするつもり？」

「まだ二週間もあるからね。大丈夫だと思う。ちょっと先にお風呂に入るから」

「たった二週間じゃ、どう考えても無理でしょう」

真美子は心配そうな表情で、ストックをつきながらお風呂へと向かう正平の背中に不安な気持ちを投げかけた。が、彼は気がつかないふりをして振り返らなかった。彼の中で、いつも前向きな言葉をかけてくれる彩花の存在が膨らんでいく。

痛みと格闘しながら、正平は贅沢に溢れる温泉の湯に傷めた身体を浸していく。

裸になって自分の身体を眺めていると、あの日のことを苦々しく思い出す。幸い転子部の擦過傷は治癒に向かい、腫脹も軽減しているのは間違いない。が、大腿外側の広範囲に広がっていた内出血の色調が少し消退しつつあるのと引き換えに、鼠径部の少し足先側の方にレモン大の内出血が新しく二か所現れているのに正平は気がついた。転倒により路面に打ちつけて出現したのではなく、サドルからの突き上げで生じた深い部位からの内出血に違いなかった。

改善傾向にあるとは言え、まだまだ過信は禁物で慎重にならざるを得ないだろう。が、その不安が真美子には伝わらないようにしたいと正平は思っていた。たとえ出場は出来ないにせよ、ニースの大会会場までは行こうと心に決めている以上、フランス好きな彼女の心も一緒に南仏へと連れて行きたかった。

蝉の声にはまだ早い初夏の由布盆地の空気は、先程からの短い通り雨に洗われていっそう清々しい。雑草一つない庭に浮かぶ大きな石の上に、若い青葉を思わせるようなカエルの親子の姿を見つけて真美子は喜んでいる。本来なら夫が一人でトレーニングに出かけて部屋に取り残されている時間だったはずなのに、こうして珍しく一緒に旅館の縁側で静かな時間を過ごせていることを彼女なりに幸せに感じているのかもしれない。もしかすると、危険な趣味を夫がしばらく忘れて、穏やかな老後の愉しみに目覚めてくれることを彼女は願っているのかもしれないと、正平は真美子の浴衣姿の横顔を眺めながら考えていた。

「足が痛くなければ一緒にお散歩でもしたいですが、早めに床を用意していただいて、のんびり贅沢にお昼寝でもしましょうか？」

久しぶりに見る真美子の柔らかな笑顔だった。窓から差し込んでくる陽ざしは弱く、空けた窓から入り込んで来るそよ風も心地よかった。あいにく身体を動かすと痛みが襲ってくるが、静かな午睡にはうってつけの昼下がりだった。

しばらくして、柔らかな真美子の唇を感じながら、正平は幸せな午睡から目覚めた。少し初夏の日が傾き始めていた。

「気持ちいい時間でしたわね。そろそろ夕食が運ばれてくる頃ですね。それまでもう一度お湯につかりますか」

「あぁ、そうだね。久しぶりに一緒に入ろうか」

「まぁ、弱った身体で母性本能をくすぐろうと言うのでしょうか。……遠慮しておきます。お一人でどうぞ。いずれ介護が必要になれば、高級な施設に入れてあげますわ」

仕事の都合で別居生活をしているが、冗談を忘れない真美子が正平はいまも好きだった。何人もの素敵な女性たちと言葉を交わす機会はあるものの、これまで妻を裏切る気持ちはついぞ芽生えなかった。ただ、弱り果てた本当の姿をなかなか見せることが出来ないもどかしさも、ひとりの男として正平は前々から感じていた。

あと十年もすれば彼に今の仕事は難しくなるだろうし、二十年もすれば思考も行動も危うくなるのであろう。コロナに襲われたわずかこの四年間でも、現実の世界も、正平の世界も誰の世界も、かつては想像できなかったほど大きく様変わりしてしまった。これからは大切な人たちと大切に今を生きようと、だんだんと正平は願うようになっていた。

「正平さん、お食事の準備が出来ていますよ」

浴室の扉を遠慮気に開け、優しく真美子が声をかける。

正平は彼女の手を引き寄せ、黙って真美子に口づけをした。そして、ゆっくりと濡れた手を浴衣の胸元に差し入れ、しばらくのあいだ、ただ黙って彼女の膨らみを感じていた。

「まぁ、急にどうなさったのですか。本当に歩けなくなりますわよ……」

彼の顔をじっと見つめていた彼女がおもむろに口を開いた。

浴室を出ていこうとする真美子の浴衣の下に見え隠れしている足元は、窓から差し込む夕日を浴びて艶やかに光っていた。

正平は火曜日に再び星野整形外科を受診した。この一週間には悪化を思わせる違和感はなく、幾らかでも良い方へと向かっている感触を彼は得ていた。

「かなりスムーズに歩かれていますね。ストックも一本ですし、右足の挙上や屈曲の具合も歩行に関しては良さそうに思えます。今日もロキソニンを服用されていますか」

診察室へ入る姿を見て、星野はそう正平を評した。診察前に撮影された仰臥位での何枚かの内旋や外旋のレントゲン写真も電子カルテ上に映し出されており、星野は映像を見ながら所見をつぶやき、カルテに所見をカチャカチャと素早く打ち込んでいる。

「ズレは生じていませんね。毎日フォルテオを自己注射されているでしょうが、さすがに接合が進んでいる所見、例えば濃く白い線ができるのがそうですが、まだまだですね。普通は早くて数週間先の話ですから、今はズレなどの悪化所見が無ければ大丈夫です」

正平の方を振り向いた星野は冷静な表情だった。『順調だが、これ以上は何も力になってあげることはない』という気持ちもそこには表れていた。

開業医仲間、スポーツ好き同士とは言っても、残念ながらできることと出来ないことがある。もちろん正平も全て承知の上での受診だった。来週の火曜日は出発予定の二日前にあたるので、今回が最後の受診になるのかもしれなかった。

「思っていた以上に順調のような気がしますが、まだ一度もサドルに跨ってもいませんし、エアロバイクで足を回せてもいません。本当に痛みが自制内に留まり大会で走り出すことが当日に可能になるのか、とても不安な毎日を過ごしています」

正平は少し嘘を星野についていた。エアロバイクの柔らかなサドルの上に更に数枚のタオルを重ねて、ゆっくりとペダルを昨夜回してみたのだった。普段であれば、荷重をかけて一分間に八十回転ほどの速さで三十分以上の運動を毎晩してもどうもないが、昨夜は五分とサドルに座っておれず、足を回すのは恐ろしくて二十秒ほどで止めてしまっていた。

「時差を含めて、正確には十二日後ですね。ニースですよね。ロンドンかパリでトランジットするんでしょうけど、海外の空港はとにかく広いから結構な負担になります。歩行での移動にも気をつけて、慎重にお願いしますね。到着した翌日はゆっくりできるんでしょう？　金曜に到着して、大会は日曜ですよね」

星野もトライアスロンなどに参加した経験があり、海外での事情には詳しかった。

「それが困ったことに、大会が急遽日曜日から土曜日に前倒しになったのですよ。大統領が総選挙を急に日曜日にやると言い出し、大会関係者や地域住民の投票行動を妨げるような道路封鎖の大会を投票日に行うことはまかりならん、と急に変更になったんです」

「へ～っ、そんなことがあるんですね」

「だから、金曜の午後に到着して、大会会場でゼッケンを受け取ったり記念品を購入したりしたら、翌朝の七時にはスタート地点に行かないとダメなんです。五時には起きて最終の準備をして、食事して……。いつも現地で細かいチェックや準備を前日に行うんですが、今回はそんなことも出来そうも無いし、とにかく移動の時に痛めた足を休ませることも難しくなりそうで、その点がちょっと心配です」

「いまさら一日前倒しで出発も出来ないからですねぇ」

「星野先生、当日痛みを押して参加した場合、日本へ帰って来られなくなる可能性は有りますか」

正平は星野への最後の質問をした。顔は笑ってはいたが、緊張を含んだ声だった。

「まぁ、村田先生のことだから恐らく走り出されるかとは思いますが、きっと無理はなさらない方だと信じていますよ。大切な方々が先生の周りには大勢おられ、無事な帰国を待っておられるのをご存じのはずですから」

あえて聞くまでも無く、それは当然の答えだった。

正平は星野とスタッフたちに礼を述べ、ストックをつきながらゆっくりとクリニックを後にした。特別な変化がない限り、もう受診することはないだろうと彼は思っていた。


翌朝、美川ハートクリニック宛に植松彩花からのレターパックが届いた。中には一枚の映画のDVDと美しい手書きの文字で書かれた手紙が添えられていた。

【村田先生、先日は佐野さんのライブに誘っていただき、とても嬉しかったです。とても良い席に驚きましたが、やはり先生のお姿には凄くビックリさせられました。お久しぶりでしたので、もう少しお話をしたかったのですが、タヌキさんと事故を起こされた翌日でしたし、前夜は遅くまで病院におられたようでしたので、お話はまたの機会にと思います。家に妹もいましたしね（笑）。さて、先生のことですから既にご覧になったことがあろうかと思いますが、わたくしが大好きな映画をライブのお礼にプレゼントさせていただきます。グレート・デイズという、先生が参加予定のエタップが開催されるニースでのアイアンマン・レースのお話です。十年近く前の作品ですが、身体に障害を持つ息子に強く求められて、失業中の父親が過酷なアイアンマン・レースに息子と一緒に挑戦する物語です。実話かどうかは知りませんが、自身の限界を超えるような苛酷な大会へ、半年以上も入念な準備をして挑み、苦しみながらもゴールを目指す親子の気持ちは万国共通に人々の胸を打つと思います。でも、時間内にゴールできるかどうか、完走メダルをもらえるかどうかは決して重要なことではありませんよね。大切なのは、内なる心の願いを叶えようと、必死に与えられた環境の中で準備をし、その人なりに努力をして、ぜひとも挑戦のスタートラインに立とうとする強い気持ちだとわたくしは思います。骨盤骨折というのはわたくしが思っている以上に深刻な事態だとは思いますが、わたくしも先生と一緒に挑戦する気持ちで、大会まで陰ながら応援させていただきます。もしも気弱になられた時には、わたくしでよければ遠慮なくメールしてください。彩花】

その映画を正平はかつて映画館で見たことがあった。アヌシー地方の風景と、レースが開催されるコート・ダ・ジュールの海と、プロヴァンスのロードバイクの山岳コースの色鮮やかな風景は、その親子の心の動きとともに彼の記憶の中にしっかりと焼き付けられていた。こうして手にした映像を再び目にすると、アヌシーで開催されたエタップと、プロヴァンスの同じコースを走ったRCCサミットの記憶もその風景とともに鮮やかに甦って来る。あの父親は五十歳前後だが、大きなハンデキャップを持つゆえに、今の正平にはより親近感を抱かせる物語だった。こんな時期にそんな作品を彼のために選んでプレゼントしてくれた彩花の顔が、彼の心に嬉しく思い浮かんだ。

大会へ出発する日は一週間後に迫っていた。午前中の外来と透析の仕事を終え、正平は看護師とともに介護施設へと往診へいった。車で片道五分ほどの短い道のりだ。今日同行する看護師は若い萩尾菜摘だった。

「時々杖を使わず歩かれることも増えてきましたよね。痛みはなくなったのですか」

「そりゃぁ痛いよ。でも、試したいじゃん。出発まで、あと一週間だし」

「先生って、ホントはマゾっ気があるみたいですねぇ。診察しているときは厳しいのに、裏の姿は痛みでヒーヒー言うのが好きとか」

「なにアホなことを言って院長をからかっているの。SでもMでもないよ、僕は」

菜摘は声を殺して笑っている。

「最近、入江さんにパンツの修理をお願いしたんでしょ。私とか旦那のパンツの洗濯をするのも嫌なのに、よく入江さんは先生のパンツを修理されますね。感心しますよ」

「誤解だよ、菜摘ちゃん。下着のパンツではなく、サイクリング専用のパンツで、修理というよりも、クッション性の高いパッドを別のパンツからパッドだけを切り取って、二重のパッドに改造してもらっているんだよ。大会の時は十時間くらい自転車のサドルの上に座ってなきゃいけないから、少しでも痛みを減らしてレースが続けられるようにお願いしたんだよ」

「そうなんですかぁ。先生が奥様にもさせないパンツ修理を入江さんにさせていたから、あらぬ疑いをかけるスタッフもいるみたいですよぉ」

「入江さんは裁縫が上手だからね。疑うスタッフって、それ菜摘ちゃんのことでしょ」

「あ〜、バレましたかねぇ」


介護施設の回診に続き、看護学校で九十分間の循環器科の授業を終えた正平は、修理をお願いしていたロードバイクを引き取りに筑紫市のスポーツ自転車店へと向かった。

来週の授業を終えれば空港へとそのまま向かい、次の週の授業の際には何事も無かったかのように普段通りに続きの授業を行う予定だ。これまでと唯一異なるのは、走り終えてから身体がどうなってしまうのか、本人にも皆目見当がつかないことだった。

「この前の時よりも少し良くなられているようですが、大会は大丈夫なんですか」

店長の杉本栄一が正平を気遣うように近寄ってきた。

「修理は完了していますし、ゴッドハンド小出がもう一度念を入れて整備をしておきました。あと十日ほどですよね。ネットで調べてみましたが、かなりアップダウンが厳しいコースみたいですね」

「そうなんだよ、怪我したからなおさら心配なんだ」

「これまでの先生の経験がうまく活かせて上手に力を抜くことができると良いんでしょうけど、あまり平らなところが無くて、上ってるか下ってるかですよね。怪我さえなければ完走は問題ないんでしょうけど、決して無理はなさらないで下さい。僕らも先生のような方がエタップなどの厳しい大会へ還暦を過ぎて挑戦なさる姿を見ると勇気づけられます。走るだけなら僕らも多分完走できるんでしょうけど、経済力も伴わないとスタート地点に立てませんからね。僕もいつか参加できるよう貯金を頑張ろうと思っています」

若い店長の言葉には決して嫌味は無かった。そのうち必ずヨーロッパの有名な峠を走りたいとの思いを込めての正平へのエールだった。

「歳とると挑戦も難しくなる。僕もそろそろ限界だから無理してでも参加したいけど、君には未来の時間もたっぷり有るし、僕には君らの若さと体力が羨ましいよ」

「帰国されたら、大会の様子を教えてください」

「わかった。ただ、リタイアしたら隠しておくけどね」

今の正平は完走できるとは全く思っていないし、スタートできる自信も正直抱いていない。が、若い人達へ希望を抱かせてあげることも、この自転車店に十六歳の時から五十年近く通っている自分のささやかな務めだと秘かに感じていた。

L'ÉTAPE
DU
TOUR

第十章

紺碧の海岸

――大会の前日

第十章　紺碧の海岸

大会の前日

ニースでの大会当日まで、泣いても笑っても残すは一週間となった。

正平が先日受け取ったロードバイクは完璧に整備され、新しいタイヤとチューブも換装されており、もう機材に関しての不安はどこにもない。

改善のスピードは当初の期待より遅く痛みも少なからず残るものの、医学的には非常識ともいえる妙な自信を正平は持ち始めていた。それは医師の勘というより、三歳の時から自転車に乗ってきた人間の勘だろうか。

国内での最後の週末はあいにくの梅雨空となったが、怪我からの回復を最優先に、必要な作業以外は極力身体を休ませるために正平は時間を使った。

彼が入江に修理を頼んでいたレース用パンツが予想外に早く出来上がった。簡単で良いよと言ったつもりだったが、プロが補修してくれたかのような見事な出来栄えだった。普通の二倍の厚みがある衝撃吸収パッドだから大会では彼を助けてくれるはずだが、それを履いて試しに練習することは怖くて出来なかった。

同じ日の夕方、ロードバイクを飛行機に積み込むために専用の輪行バッグを倉庫から引っ張り出した正平は、前後の車輪を外して詰め込んでみた。すっかり五年前のことを忘れていたため最初は上手く出来ず困ってしまったが、すっきりと収めた後は旅行の実感がだんだんと膨らんでいった。

六月最後の土曜日には、イタリアのフィレンツェで今年のツール・ド・フランスが開幕していた。百年を超えるツールの歴史で初めてイタリアで開幕した大会となった。パリオリンピックの関係で最終日恒例のシャンゼリゼ大通りでの最終ステージが変更され、モナコからニースへの個人タイムトライアルで幕を閉じることもまた初めてだった。一週間後に正平が走るエタップは、ツール最終日前日の第二十ステージと同一のコースだった。

以前はＮＨＫで毎日放映されていたツール・ド・フランスのダイジェスト番組はいつの間にか無くなり、有料放送やインターネットでのダイジェスト番組で楽しむようになった。が、いまの正平はそれらの番組をみたいという気持ちが完全に失せていた。それだけではなく、骨折の治療以外は何もかも無関心ともいえる心境に陥ったほど、あの事故は彼の身体も心も酷く傷付けてしまった。

八月上旬に刊行される医学雑誌への寄稿は出版社との調整も完了し、あとは校正にて細かい変更を加えるところまでに至っている。少々細かい点を指摘され困ったことも有ったが、これから先そう何度も依頼されることもないだろう。若いスタッフや医師になった娘たちに父親の仕事を見せるためにも、正平は時間をできるだけ作ってより良き文章になるように努力した。怪我でトレーニング時間が大幅に減ったことが皮肉にも役に立った。

看護学校の授業も出発当日が第五回目で、帰国後の翌週が最終授業になる。帰国時の体調が悪化することもあり得るから、彼はその次の週に予定されている期末テストの問題と模範解答を昨日看護学校の校長宛にメールで送信していた。

ただ、旅の前に片付けるべき仕事はとんでもなく多かった。

少し前までは学校検診も加わり忙しかったが、この時期は介護保険関係の申請書類を幾つも記載しなければならず、厄介な経産省などからの調査用紙への記載などを求められる一年で最も面倒な時期でもある。おまけに今年は増税メガネ発案のサラリーマン減税の給与明細書への記載義務や異様に面倒な政府関係の書類提出等が幾つも重なってしまい、事務作業まですべて自前で行う開業医泣かせの時期でもある。ただ、そんな政府の理不尽な嫌がらせとも思える数々の作業を次々とこなして処理していくことは、ワーカホリックな正平にとっては不思議と楽しい作業でもあった。

月曜日の夕方、ローカル局のテレビ番組に彩花が出演している姿を見ながら、正平は彼女にメッセージを送ってみた。

【彩花さん、今日初めてストックを使わずに階段を昇り降りしました。鎮痛剤を朝一錠飲んでいたためでしょうが、不思議と痛みはほとんど無く、久しぶりなので噛みしめるように味わって登りました。子供みたいで、笑えますよね。今夜は主治医との約束を破って、院長室内にあるエアロバイクを試してみるつもりです。柔らかいサドルだから座骨は何とか持ちそうな気がしますが、本番のサドルは硬めですからね。スタッフに衝撃吸収パッドを二枚重ねした特製パンツを作ってもらったので、本番ではそれを履くつもりです】

一緒に佐野元春のライブに参加して以降、正平は週に二三往復の頻度で彩花に近況を伝え、その都度勇気づけてくれるようなメッセージの返信を受け取っていた。返信は数時間後になることが多く、彼女は自宅で一人になった時に書いているようだ。朝早い仕事なのか、夜九時半を越えてメッセージを正平が送ると、翌朝に「おはよ」で始まる一夜遅れの返信がまだ目覚まし時計が鳴る前の正平に届けられた。

夕食後、前回参加したエタップのビデオ映像を眼の前に据えたテレビモニターで見ながら、正平は久しぶりに院長室でエアロバイクを恐る恐る漕いでみた。しばらく練習をサボって急激に臀部の筋肉量が激減してしまったのか、サドルが座骨に直接当たるような違和感を彼はなんとなく覚えた。

それでも三十分間、約二百キロカロリーを消費する運動を彼は受傷後に初めて行った。この程度で音を上げるようでは完走など夢に終わってしまうが、強度を上げた運動をすることで座骨周囲の骨や神経を傷つければ本末転倒である。最初に星野医師と約束した通り当日まで身体を休ませるべきだろうが、短い運動でも汗を流した後にそのままシャワーを浴びることの気持ち良さといったら言葉にならないほどだ。

シャワーを浴びた身体を彼がタオルで拭きあげていると、メッセージの着信を知らせる甲高い音がピンと鳴った。待っていた彩花からの返信だった。

【やりましたね。いい知らせだと私まで嬉しくなります。でも無理しちゃダメ。大切な女性を丁寧に扱うように、身体から微妙に発するシグナルを探るように慎重に。エアロバイクも足腰の反応を見ながら、ほんの少しずつ負荷を増やして慣らしていくほうが好ましいのではないかしら。三日後には飛行機に乗っている頃ですよね。不安でしょうけど、頑張りましょう】

よほどうれしく思ったのか、彩花の文章は弾んでいた。彼女のアドバイスに、身体を休めようと一旦決めた正平の心も希望に膨らんでいた。

主治医の抑制的な意見を尊重するか、彩花の前向きな応援に喜んで従うか。実際に会う機会はあまりないのに、彩花は正平の性格を良く理解していた。

【彩花さんは僕の優秀なパーソナルコーチだね。完走を目指すために彩花さんをニースに連れて行きたいよ。テレビの仕事を一週間ほど休めないかなぁ　笑】

正平が冗談めかしたメッセージを彩花に送った時は、既に夜の九時半を過ぎていた。

大会前日の早朝、三十二年ぶりに訪れたロンドン・ヒースロー空港は霧の中だった。正平は真美子との新婚旅行の際に猛暑のヴェネツィアから涼しさを求めて英国へ逃れて来たが、その夏のロンドンは日本にも負けぬほどの暑さと湿気で、レンタカーにもホテルの部屋にもエアコンが付いていない英国の夏に二人は驚かされた思い出がある。

飛行機から次々に降ろされ運ばれている荷物の中に正平が福岡で預けた黒い大きな自転車輪行バッグが見えた。このまま英国航空に移され、無事にニースまで届いてくれることを正平は願った。が、どんよりとした空から降る小雨にも覆いなどはなく、中に同封した衣類が心配になった。直前に大会が一日前倒しになってしまったから、明日の早朝にはスタートラインに立つ必要があり、ロストバゲッジやびしょ濡れの衣類など想像したくもない。

円安が響いてか、ＪＡＬのビジネスクラスに日本人は数名しか見当たらず、九割以上は西洋人の乗客だった。日本人が海外旅行をしなくなったのか、単に貧しい国になったのか、五年振りの飛行機の様代わりように正平はまず驚かされた。

ただ一人のアジア人を乗せて飛び立った英国航空機は、ぶ厚い雲を突き抜けて明るい南の空へと向かい飛んでいく。二時間のフライトの先に正平を待つのは八年ぶりのコート・ダ・ジュールの青く輝く海辺の街々だ。飛行機はフランス西部の平原から黒く巨大な洗濯板のような中央山塊を眼下に、マルセイユ上空から地中海に弧を描くように飛び、次第に高度を降ろしながらカンヌの街とプロヴァンスの乾いた山塊を左手に見せながら海辺のニース空港へと到着した。

前回のニースへのフライトは、ドイツのフランクフルトからスイスを通過し、イタリアとフランスの国境の山々の上を飛び越え、モナコ方面から西に向かってニース空港へと降りていった。逆向きの着陸ながら、頂きに雪を冠するアルプスの山々とイタリアからフランスへかけてのリビエラ海岸の照り輝く海の景色が、今も正平の心に懐かしく思い出される。あの日も彼はたった一人の日本人乗客として自転車とともに旅をしていた。

小さな空港にもかかわらず、定期便の商業機に比べて圧倒的に多くの数のプライベートジェット機が広大な駐機場に並んでいる。そんな色とりどりの小さなジェット機の間を縫うようにして到着したターミナルは、八年前のあの日と変わらぬ佇まいだった。

サイクリストの聖地だけあって、自転車は一番端にある専用の大型荷物のラインを運ばれてくる。明日の大会へ参加する多くの人々が無事に運ばれてきた自転車輪行バッグを大事そうに運んでニース市内へと向かっている。ほとんどは正平よりも一回りも二回りも若い参加者たちだった。

同じ六十代と思える参加者はなかなか見当たらない。そして、アジア人の姿はやはりこの空港でも探せない。日本だけでなく、韓国も中華人民共和国も経済は悪化しているという情報が増えているが、ここまで以前と違う状況とは彼は想像もしていなかった。

この八年間で最も大きな違いは、第二ターミナルと市内電車が新しく出来ており、空港とニース市内がその市内電車で直接結ばれたことだろう。

英国に本部を置く有名スポーツイベントのツアーを企画催行するS社を通じて正平が昨年十月に予約していたホテル・ロワイヤルは、ニースの海岸に沿って延びる広い目抜き道路、プロムナード・デ・ザングレに面していた。

薄いベージュ壁と白線のコントラストのオシャレな姿で、高い椰子の木の街路樹を越えて、南に広がる青い地中海を見下ろすように建っていた。このコート・ダ・ジュールの遥か向こう、コルシカ島やサルディニア島の先にはチュニジアやアルジェリアなどアフリカ大陸が向かいあう。道路を走る車の多くには福岡で経験する黄砂の数倍もの厚さの砂埃がアフリカの砂漠から飛来して積もっている。

印象的な煉瓦色のドームを屋根に戴くネグレスコと、同じく五つ星ホテルで一階にカジノが入居するハイアット・リージェンシーのちょうど中間に位置するその少し古びたホテルは、三つ星ながらもフランスの優雅さを漂わせた六階建ての瀟洒なホテルだ。ユーロ旗とフランス国旗とニース市の旗が三本誇らしく掲揚された玄関横の植込みの一角には、大きな赤い唇を強調した正装の男女の等身大のオブジェが誇らしく立っている。いかにもフランスらしいユーモラスな姿だ。少し値の張る海側の部屋のバルコニーからは、テレビや雑誌や映画などで何度も溜息をつきながら見たままの風景が一望できた。

ピンと小さく電子音が鳴った。一緒に連れて来れなかった真美子からかなぁとスマホ画面を見ると、それは彩花からのメッセージだった。

【村田さん、もうニースのホテルに到着した頃でしょうか。いかがですか？　あの映画の素敵な海岸が目の前に広がっていますか。どこまでも広がる輝く海、綺麗な青い空なんでしょうねぇ。私も一緒に行きたかったなぁ。正平さんを目の前で応援したかったなぁ。明日はきっと大丈夫ですよ。今夜はぐっすり眠ってください。朝起きたら痛みはきっと消えています。私が念力を日本から先生に送ります。アレー】

世界で最も有名なアイアンマン・レースは、真正面の浜辺から水泳でスタートし、フルマラソンの果てに最終ゴールを迎えるのであろう。夜明けとともに泳ぎ出し、真っ暗になって最終完走者を迎えるその光景はとてつもなく感動的に違いない。正平は、彩花がプレゼントしてくれた映画の場面を思い出していた。

【彩花さん、ありがとう。実はまだまだ痛みはあるけど、君の応援のおかげで朝起きたら痛みが消えていそうな気がして来た。明日の朝七時過ぎにスタートラインへ並ぶ予定です。日本時間ではお昼の三時過ぎくらいかな。良かったら応援をお願いします】

右側の遠く霞むように見える街並みは、映画祭で有名なカンヌに違いない。かつて正平が初めてコート・ダ・ジュールに来た時に、各国から集ったRCCのメンバーたちと最後の夜に夕食を楽しんだ思い出の海岸だった。

正平は部屋のバルコニーから撮影した海岸線の風景写真を一枚添えてメッセージを送り返した。ほどなくして、大きなハートマークが彩花から届いた。

部屋で一休みする間もなく、正平は輪行バッグを開いてロードバイクを組み立て始める。あまりノンビリしている余裕はなかった。もしも機材にトラブルがあれば、急いでメカニックに対応をお願いしなければならない。

自転車のハンドルとウエアの背中の部分に着けるゼッケンは、ツアー会社の担当者が代理で引き受けていたものを他の記念品などと一緒にホテルのロビーで彼は先ほど受け取っていた。

大会の前には、正平はいつもそれまでの練習の日々を思い出す。とても忙しい仕事ゆえ満足のいく練習時間の確保は難しく、無理が効かない年齢になりつつあるのもまた事実だった。特に今回は想定外の大怪我で、直前の三週間は一度もロードバイクでの走行が出来ておらず不安が大きい。

ここまで辿り着きはしたものの、まずはスタートできるかどうか、そして完走できるかどうか、全ては明日の朝に正平の身体がどんなサインを送って来るかにかかっている。

緊張で少し痛みを忘れかかってはいたが、羽田やヒースロー、そしてニースの空港内での長い移動時には、怪我から回復していない現実に正平は向き合わされた。明らかに彼の歩みは遅く、痛みを避けるように歩幅も狭い。念のためにストックを日本から持参してきたが、彼は五十メートルごとに立ち止まって休憩したくなっていた。明日の大会当日を前に、少しでもダメージを増やしたくないという思いが付きまとう。とはいえ、ホテルのバルコニーから眺める絵に描いたような景色の中に一歩踏み出したいという誘惑からいつまでも逃げ続けることは難しそうだ。

ホテルから東へ五〇〇メートル程であろうか、美しいアルベール一世庭園から近代現代美術館に続くシャンゼリゼ通りのような広い公園地区があり、その一角がエタップのイベント会場の役割を果たしている。好奇心に従うか明日のための安静かを悩んだ挙句、記念グッズでも探しに行くつもりで正平はストックを手に出かけていった。

本番を翌日に控えて華やかな雰囲気のエタップ村だが、観光地として著名なニースの街なのに今回は不思議と日本人を含めたアジア人の姿をほとんど見かけない。前回出場したエタップでは地方都市アヌシーにもかかわらず、多くの日本人を会場で見かけたのを思い出す。が、コロナと円安で状況は一変したようだ。

憧れのニースまで痛む足を騙し騙しやって来たのに、正平の胸は前回のようにはときめかない。

スタートできるかどうかの不安がいまだに付きまとっているからだが、パンデミックの四年の歳月が彼自身を変えてしまったのかもしれない。

ゼッケン受取りテント前を正平が通りかかった時だった。

驚いたように彼を見ていた短いブルネットの女性は、フランスで二度会ったことがあるアレーダに違いなかった。最初はニース近郊で開催されたRCCサミットで、二度目はアヌシーで開催されたエタップの会場だった。その翌年に参加したマーモット・グランフォンド・アルプスを「厳しいけど、これがヨーロッパでは一番人気ね」と推薦してくれたのも彼女だった。

「あら、ショウヘイじゃない？　あなたも参加するのね」

RCC英国本部のマネージャーを務めるアレーダは明るく笑顔で正平に声をかけた。彼女の横にいた長いブロンドの女性は、正平がインスタでフォローしている女性だった。

「彼女はキャロライン。ショウヘイとはRCCサミットやアヌシーのエタップでも一緒だったはずだけど、二人とも覚えている？」

「ハ～ィ、キャロライン。サミットの時以来、君のことは良く覚えているけど、きっと僕らは一度も話したことないよね。でも僕は君のインスタをフォローしているから、ずっと勝手に友達の気分だよ」

「私も覚えているわ、ショウヘイ。歩き方がどこか痛そうよ。股関節かしら、それとも座骨か恥骨でも痛めたのかしら」

ロンドンで内科医をしているキャロラインは正平の悪い個所をいきなり指摘してきた。満面の笑みを湛えていたアレーダも急に心配そうな顔に変わっている。

「うん。ちょうど三週間前の練習中に転倒事故をおこしてしまい、座骨と恥骨に五カ所ほど小さな骨折が生じてしまってね」

「あら大変。骨盤はサイクリストにとって大事な場所じゃないの。一か月以内にエタップに参加するとか、普通は無理なんじゃないかしら」

「歩くのも痛いけど、あきらめて参加せずに後悔するのがすごく嫌で、意地で杖つきながらニースまで来ちゃった。事故後、実は一度も自転車に乗っての練習が出来ていなくてね。完走は恐らく無理だけど、五年振りのフランスの大会を楽しもうと思っているよ。ＲＣＣロンドンからの参加者は君たち二人だけなのかい」

彼女らは毎年少なくとも四五人の女性メンバーで一緒にエタップに参加しているはずだった。

「今年はゴール地点がスタート地点からかなり離れているでしょう。プロと違って恐らく十時間近くもかかるアマチュアだと、何時にバスでニースに戻って来れるのかわからないコース設定で、ロンドンのメンバーには少し不人気だったのよ」

「そうだよねぇ。どうしてあんな場所をゴールに設定したんだろうね。みんなが完走して集う場所はゴールから更に七キロも走った地点だというし。僕も正式なコースの詳細が判明した時にキャンセルしようかと思ったくらいだよ」

彼女たちも同じ気持ちなのか、苦々しい顔で頷いている。

「クリスティンを覚えている？　ショートのブロンドヘアーで、私より背が高い女性よ。彼女もサミットとアヌシーのエタップでショウヘイと一緒だったはずよ」

クリスティンの名前を聞いてすぐに正平は彼女の人懐っこい笑顔を思い出した。確かカンヌのレストランでアレーダと一緒の写真を撮ってもらったことがある。大人しそうな表情の女性を彼は記憶していたが、別のことで非常に気になる存在の女性でもあった。

「うん、覚えているよ。若い乳癌研究者のために研究費支援の活動を行っている女性だよね。実は彼女のインスタも僕はフォローしているんだ。ニースやアヌシーでは大人しそうに思っていたけど、彼女はたくましいっていうか、とっても偉いよね。クリスティンも一緒に会場へ来ているの？　今どこにいるの？」

「明日は一緒に走る予定だけど、いま彼女はホテルの部屋で明日に備えて身体を休めているわ。インスタには何も書いていないけど、実は数週間前に体調を悪くしてね。ショウヘイと同じで、ここ最近はトレーニングを完全に控えて、慎重に体調を整えながら大会へ備えていたのよ」

彼女が最初に乳癌と診断されて十一年。正平とサミットで初めて会った直後に脳に乳癌の転移が見つかり、摘除手術を受けていた。闘病生活から立ち直ってすぐにエタップへ初参加したことを正平は彼女のインスタグラムで知って感動していた。決して挫けないとの気持ちから、自分自身への挑戦だったという。

次に会ったら彼女が中心となって行っている支援活動などについても話をしてみたいと願っていたが、新型コロナウイルス感染症のパンデミックにより叶わないままだった。担癌患者の彼女がコロナ感染に厳重注意を払いながら孤独に屋外でのサイクリングを楽しんでいるかを、当時ユーモラスな写真とともにコメントしていたことを彼は覚えていた。

「だったら、どこかで明日は会えそうだね。でも僕の足がこんなだから、後ろに置いて行かれて話せないかもしれないね。今回はアレーダも走るんだよね」

「残念ながら私は今度も参加するＲＣＣメンバーのお世話係よ。ゴール地点に先回りしてみんなを待っているわ。それに、今回は九月に五年ぶりに再開するＲＣＣサミット開催地の下見も兼ねてプロヴァンスに来ているのよ。今度はモン・ヴァントゥでサミットやるの。ショウヘイも参加しない？」

「へ～、良いねぇ。でも年に二回も休暇を取るのは仕事があるから凄く難しいよ」

キャロラインがクリスティンと同時刻の枠だと教えてくれたゼッケン番号は、正平より十五分遅くスタートする番号だった。

「僕はサミットの青いジャージを着て走るから、すぐにわかるはずだよ。僕を追い越す時には必ず声をかけてくれるよう彼女に伝えてくれないかなぁ」

「わかったわ、ショウヘイ。明日は天気も良さそうだし、存分にレースを楽しんだら、ゴール地点で目いっぱい騒いで完走を一緒にお祝いしましょう」

二人はお茶目な表情で、足を痛めている正平を励ましてくれた。こんな体調で苛酷なコースを完走することは奇跡に違いないと理解していながら、これっきり会えないかもしれない二人にゴール地点で再会しようと彼は期待を込めて約束した。

それほど長い距離を歩いた訳ではなかったが、正平の股関節は時間がたつにつれて悲鳴を上げそうになっていた。早朝のヒースロー空港に到着して以来、かなりの距離を歩かされており、とても普通のスピードで長くは歩けない。どう贔屓目に見ても膝や腰を悪くした老人の足取りと同じだった。これ以上歩き続ければ明日のレースに大きく障ることくらい、医師でもある自分が一番良く分かる。ホテルを出た時の明るい表情は既に正平の顔から消え失せていた。

日本時間では深夜一時をまわって眠たくなる時間だとは言うものの、ニースはまだ夕方五時を過ぎた頃で、ホテルに戻って眠りにつくには早すぎる。正平は手にしたストックを石畳の道に慎重につきながら、旧市街を抜けてゆっくりとホテルの方へと戻って行く。

道路とビーチの間の広いプロムナードには色分けされたサイクリングロードが整備されていて、

明日の大会の参加者たちが傾き始めた陽ざしを浴びながら思い思いに足慣らしをしている。西へ東へ、暖かな潮風を受けて鮮やかなジャージを纏った大勢のサイクリストたちの姿は、背景の紺碧の海と呼応して美しい絵画のようだった。

プロムナードから海を見ていた正平は、引き寄せられるように犬の尿の匂いが漂う石の階段を慎重に降りていき、かねて憧れていたニースの海岸に初めて足を踏み入れた。

驚いたことに、そこはカンヌのような砂浜ではなく、ブドウや大豆や小豆の大きさをした、赤や緑や白や黒など色とりどりの大理石で出来ている硬質の海岸だった。靴を脱ぎ裸足になって小石の浜の上を慎重に歩くと、まるで指圧の板のような強い刺激が足底から正平を突き上げてくる。角が消えた石ころが正平の足をズルズルと深く埋もれさせようと意地悪しているかのようだ。

「やぁ、まだ起きていたかい。君のことだから、今頃まだ小説でも読んでいるかなぁと思って。それに、かわいい声を聞きたくて」

寄せては返す冷たい波に疲れた足を浸して遥か遠くを眺めているうちに、正平はどうしようもなく日本にいる妻の真美子へ電話をしたくなった。

「まだ起きていたわ。南フランスのユーチューブ番組を観ていたところ。あなたに想いを馳せてね。いよいよ明日ね。痛みはどう？　スタート出来そう？」

正平は一緒にニースへ連れて来れなかったことを、真美子に申し訳なく感じていた。

「ボ～っと海を眺めていた。やっぱり真美子と一緒に来たかったなぁ」

「なによ、どうしたの。やけに感傷的ねぇ。弱気になってない？」

「やっぱり無謀だったかも。歩けば歩くほど足が痛くなってねぇ。なんだか一週間前に逆戻りしたみたいな気分だよ。せめて一緒に走る仲間がいれば違うんだろうけど」

正平は遠い日本にいる真美子に甘えてしまっていた。

「あなたらしくもない。完走出来なくっても別に良いじゃないの。あなたが努力してきたことは家族や職員みんなが知っているし、勇気ある出場辞退や途中棄権も大切よ。決して恥ずかしいことじゃないのよ。無理して身体を本当に壊してもしたら、通ってくれている患者さんもスタッフも、もちろん家族だって困るし悲しむわ。その年齢でエタップに参加しようと思うこと自体が凄いことなんじゃないの」

「まぁ、それはそうなのだろうと思うけど。でも、完走できる自信は全然ないしね」

「明日の朝に痛みが消えていることをお祈りしておくわ。今夜は十分に眠るのよ。目覚ましをセットするのを忘れないでね」

「うん、無理はせずにエタップを楽しもうと思っている。体力的にも、今度が最後になるかもしれないしね」

「そう気弱なこと言わずに、来年こそは私も連れてってよ」

遠く離れた電話では、真美子はこれ以上勇気づける術を持たなかった。

真美子や彩花やスタッフへの土産にしようと、正平は足元で目についた幾つかの色鮮やかな小石を拾ってポケットにいれた。

プロムナード沿いの安いレストランで早めの夕食を摂り、レース用の水を手に入れてホテルの部屋に戻った彼は熱いシャワーを浴びた。明日身に着ける青いジャージとスタッフにパッドを修理してもらったビブショーツとお意気に入りの靴下などをテーブルの上に並べて置くと、いよいよ明日だ……、という感情が静かに湧いてくる。

眼が覚めた時、果たしてこの痛みはどうなっているのだろうか。

夜八時半を過ぎ太陽は西の岩山の方に沈んで行ったというのに、窓の外はまだ十分に明るく、海岸で泳ぎ続ける若者たちもいる。誰かが大音量で流している賑やかな音楽が部屋の中まで聞こえて来て、不安を抱える彼の心をざわつかせる。

朝五時半に目覚ましをセットし、しっかりと朝食を摂って七時までにはホテルを出てスタートラインへと向かうつもりだが、部屋を暗くしてベッドに横になってもなお、彼の心には期待と不安が交錯し続けていた。

第十一章

サドルの上

——当日

第十一章　サドルの上

当日

大会当日の朝が訪れた。直前の事故で一度は諦めかかったとはいえ、去年の十月に正式に申し込んでから約九か月、正平はこの日を一日も忘れたことはなかった。

長旅での疲れのせいか途中で眼が覚めることはなかったが、目覚まし時計が五時半を知らせてくれる少し前に彼は自然と目が覚めた。もう日本は午後一時を過ぎているから、大会前の興奮というより時差のせいなのだろう。

南を向いた窓の遮光カーテンの隙間から朝の兆しが漏れている。熟睡から解かれた彼は、白枠の大きなガラス扉をいっぱいに開けた。緑と金色の幾何学模様に塗り分けられた鉄柵で飾られたバルコニーを通して、驚くほどひんやりと爽やかな海風が彼の顔を心地よく撫でる。

眼の前に広がる地中海から微かに聞こえる波の音と潮の香りが、これが夢の中でないことを教えてくれる。左手のモナコ方面は明るくなりかかっているが、その向こうのイタリアからまだ太陽は昇って来ていない。

ホテル前の広い通りは既に交通が規制されていた。明らかに係員と思われる多くの人々が、柵を並べたり参加者たちが並ぶ各区画の先頭部分に旗印を立てたり、あるいはロープで規制線を張ったりと準備に余念がない。

すっかり自動車の姿が消えた道を早くも多くのサイクリストたちが思い思いに足慣らしをするように走っている。このバルコニーの真下の四車線の道路を、一万数千人の参加者たちがあと二時間もしないうちに埋め尽くすことだろう。その壮観な景色の中に並ぶ自分の姿を正平は想像し思い浮かべたが、実はまだそれは決まっていないことだった。

その時、足や股関節の痛みを感じていないことに彼はようやく気がついた。

恐る恐るしゃがんだり膝を引き上げたり、彼は試すように大きな動作を繰り返す。が、なぜかほとんど痛みを感じない。昨日はあれほど耐え難い痛みを感じながら不安で胸が押しつぶされそうだったのに、急に事故前の自分が舞い戻って来たような不思議な感覚だった。

まだ深い眠りの中で夢を見ているのではないかと、彼はもう一度自分を疑って部屋の中を歩き回ってみるが、夢幻を吹き飛ばす様に目覚まし時計が鳴った。朝五時半、正平に準備を始める時が来たことを告げていた。

と同時に、枕元に置いたスマホのテレビ電話も鳴りだした。

「おはよ。疲れて寝坊したらいけないと思って、愛妻からのモーニングコールの特別サービスよ。

あら、機嫌良さそうじゃない？」

正平の表情に体調の良さを感じ取った真美子もまた明るい笑顔だった。

「それがさぁ、股関節や足の痛みが、なんと朝起きたら嘘のように消えているんだよ。完璧じゃないけど、この感じなら走れそうな気がする。あと二時間でスタートだけど、これから準備して、それから自転車に乗って感触を試してみるつもり」

「うっそぉ〜、良かったじゃない」

「まだ喜ぶのは早いよ。何しろ骨折したのは座骨と恥骨なんだから、実際にサドルの上に跨って足を回して、それでも痛みが我慢できる程度じゃなきゃ走りだせないよ。入江さんが修理してクッション性を二倍に高めてくれたビブショーツの効果も、実際に走り出さないと分からないしね」

「まぁ、それでも良いサインよ。期待したいわ。レースの朝を邪魔しちゃ悪いからもう電話切るけど、決して無理はせず、だけど、思い残すことが無いように頑張ってね」

互いに笑顔のまま、テレビ電話はス〜ッと消えてしまった。

朝六時、足の痛みがないことを不思議に思いながら正平はロビーの隣にあるレストランへ降りて行った。そこでは二十人を超える大会参加者たちが独りで、あるいは仲間たち数人で、これから始まるレースに思いを馳せながら南に大きく開いた明るい広間で朝食を楽しんでいた。立派な体格の白人ばかりで、みんな速そうな風貌をしている。

テラス席の向こう側には、既に大勢のサイクリストたちが集まり始めている。最も先にスタートする千人は、朝六時半までに集合して七時ちょうどにセレモニーの合図とともにスタートしていくが、ゼッケン番号が一万台の正平たち千人は、七時半までにスタートラインにつくものの、実際にスタートするのは八時十五分だった。先頭から既に七十五分のビハインド。約一万六千人の参加者をスムーズに出発させるには必要な時間差であろうが、途中の関門での制限時刻が同じなだけに、遅い順番に並んだ高齢者や女性や体調が悪い参加者には完走を著しく難しくする悩ましい仕組みだった。パンクでもすれば一気に完走は厳しくなる。

集合時間には余裕があるものの、痛みがまた現れないかと心配で、正平は朝食を楽しもうという気にはなかなかなれなかった。

部屋へ戻った彼は服装を整え、クエン酸を多く含んだ水を水筒に満たす。念のために芍薬甘草湯を一包飲み干し、祈るような気持ちでロキソニンを一錠服用する。

これまでの大会では経験したことのない緊張感と不安。彼は心の余裕を十分に取り戻せないままに最終点検を済まして、狭いエレベーターにロードバイクとともに乗り込みロビー階へと降りていく。そして、彼はホテルの外へと傷めた足をゆっくりと踏み出した。

南仏の光溢れる路上には色とりどりのジャージを身にまとう数千人の参加者たちが、既に各々のスタート時間を待っていた。風は向きも良く穏やかで、しばらく好天が続きそうだ。気温はこれから次第に上がるのだろうが、微かに潮の香りがする乾いた空気が肌に心地よい。

ロードバイクを慎重に手で押しながら広い道を渡り、照り輝きだした海との間に広がるプロムナードに着くと、正平は大きく静かに一つ二つと深呼吸をしてみた。ここまで歩いてみて、幸い違和感はほとんど無かった。

『もう少しで、今日の運命は決まる』

彼は海岸線に沿うように西のカンヌの方を向き、右足底のクリートをカチャリとペダルに固定した。もう一度大きく息をした彼は、三週間ぶりにサドルの上に腰を慎重に預けてゆっくりと走り始めた。

彼は恐る恐る右足、そして左足と体重をペダルに交互に乗せていく。ひと踏みふた踏みと感触を確かめながら慎重にクランクを回し続ける。

依然としてサドルの上に乗せた座骨の痛みはほとんど感じない。特製の二重パッドが功を奏したのか、自然な走りが出来ていることに正平自身が一番驚いていた。十日ぶりに鎮痛剤を服用したとはいえ、ほぼ痛みを感じないことに彼は拍子抜けするほどだった。

細心の注意を払いながら五百メートルほど走ったネグレスコホテルのところで正平は東へと向きを変え、今度は眩い朝の陽ざしを正面から受けながら走り続けた。少しスピードを上げてみるが、昨日までの痛みを嘘のように感じない。

震えるような喜びを感じた彼の眼から急に涙が溢れ出し、辺りの景色がぼやけて揺れ出した。正平はゆっくりと停止し、大きく潮の香りを両の肺の奥まで吸い込んでみる。

『これならスタート出来そうだ』

この時を信じて今日まで我慢してきた男が心の中で叫んでいた。

『足腰を少しでも休ませておこう。せめて半分、ふたつの峠だけでも越えたい』

正平は早めにスタート地点の列に並んで、その時を心を落ち着かせながら待つことにした。あと一時間もしないうちにスタートの順番がまわってくる。さっきの快調な走りが夢でないことを祈るばかりだ。

北隣の区画で待機していた参加者たちが、スタート時刻ごとに次々と一三五キロ先のゴールへ向かって走り出していく。にこやかな笑顔、真剣な表情。速そうな人たちに混じり、肥え過ぎて場違いな参加者たちも散見される。総じて陽気な中年男性たちだ。二十五歳以下の若者や女性の姿はそれぞれ一割を切っているかもしれない。

突然緊張を破るように、背中のポケットに忍ばせた正平の電話が鳴りだした。スマホ画面に表示された相手の名前を見て、正平は慌てて電話に出た。体調を時々壊してしまう透析患者Yからだった。

「あのね、先生。今日の透析の後で定期処方薬をもらって家に帰ったら、どうもピンク色の胃薬が入ってなさそうなのよ。クリニックに電話したけど誰も電話に出ないから、先生の緊急連絡先に電話しているんだけど、どうしたら良いかしら」

正平は開院当初から診察した全ての患者に彼の携帯電話へ転送される電話番号を渡していた。患者には正平が海外にいるとは伝えておらず、今まさに自転車大会がスタートする直前だとは当然Yが知る由もなかった。学会出張と嘘を言って代わりの医師に診察を頼んでいたから、彼女は正平が国内のどこかにいると思って気軽に電話したに違いない。今は日本時間では土曜の午後四時頃なのでなおさら薬がないことに不安を覚えたようだ。

「それは困ったね。すぐスタッフや薬局に僕から問合せをするし、スタッフからあなたに直接電話をさせる。でも念のためにもう一度よく薬袋の中を確かめてもらえるかな」

大会を盛り上げる音楽のせいで、電話の相手に彼が遊び惚けているように伝わったかもしれない。

【たったいま透析のYさんから今日もらった薬袋の中にピンク色の胃薬が入ってないと連絡がありました。そちらで薬局とも相談して、Yさんに電話してから薬を届けて欲しい。僕はあと四十分でスタートです】

正平は看護師長に急いでメールを送った。そして、すぐに返事を受け取った。

【わかりました。まずは薬局やYさんに電話して聞いてみますね】

二十分ほどで再びメールを受け取った。

【解決しました。胃薬はYさんのバッグの中にあったようです。もう少し探してから電話してくれたらよかったですけどねぇ。大会、無理をせずに頑張ってください】

拍子抜けするような返事だったが、すぐに解決して正平は安心した。もう痛みのことは彼の頭の中からすっかり消え失せている。

正平たちの前の組の千人のサイクリストたちが歓声の中を一斉にスタートしていった。あと十五分で正平の興奮もクライマックスに達することだろう。周りの参加者たちの顔を見ると緊張がかなり高まっているのが良く分かる。

次第に満ちてくる騒めきの中で、ピンと甲高い電子音が聞こえた。

正平は自分のだろうかとスマホを背中のポケットから取り出すと、それは植松彩花からのメッセージだった。彼女は正平との約束を忘れていなかったようだ。

【Allez! アレー、Allez!】

ネット検索でもしたのか、そこにはフランス語で応援の掛け声が書かれていた。

【ありがとう、頑張るよ。痛みも忘れた。あと十分でスタート。完走してもリタイアしても後で報告する。祈っててくれ】

短いメッセージを彩花に返した正平は後方を振り返る。ヘルメットとサングラス姿の数千人のサイクリストの顔がこちらを向いている。もう話をしている人は少なく、息を整えている様子が感じられる。

スタートすれば、すぐにこの美しい海ともお別れだ。市街地を抜けて五キロも進めば緩い上り坂が始まり、次第に厳しい上り坂へと続くことだろう。その困難に立ち向かうことこそサイクリングの喜びでもあるのだが、それが今日は耐えがたい苦痛に変わるのかもしれない。彼はその余計な想像を必死に振り払う。

正平の区域の千人の集団が前方に誘導され始めた。本当のスタート地点にて再び止められると、すぐに最終カウントダウンが始まった。電光掲示板に数字と写真と文字が派手に演出され展開されていく。三十秒がいつの間にか十秒となり、九、八、七と掛け声も次第に大きくなってきた。正平は右ペダルを靴底のクリートできちんと固定し、ブレーキレバーを指でロックしたまま、心を無にしてスタートの合図を待つ。
五、四、三、二、一……「ダン」、大きな号砲が付近に鳴り響いた。
反射的にブレーキレバーを開放した正平は慎重にサドルの上に体重を預け、周囲との接触を避けるように最初は慎重に走り始める。たちまち覚醒した集団は位置取りを試み、プロムナードでの練習と全く違う速いスピードで旧市街の横をかすめて石畳みの道を飛ぶように進んでいく。スタート直後から左へ右へと二度の急な曲がりがあり、混雑の中で前後左右に目を配りながら足を回す。痛みなど気にしている場合ではないほど緊張した正平は、大きな集団の中で絶えず位置取りを工夫しながらニース旧市街の細い石畳の街中を駆け抜けていく。

二キロほど進むと市街地を抜け道が広がり、団子状の集団は細長い隊列へと変わって行く。巡航速度は三十から三十五キロへと次第に上がっていく。遠くに見えたプロヴァンス特有の灰白色の岩肌の山塊が少しずつ近づき、隠された谷を縫い高度を上げて最初の峠へと登り始めた。正平は抜かれる以上に前を抜きながら、何かに取り付かれたような表情で懸命に進んでいく。まだ痛みはほとんど感じない。昨日の歩行時のあの痛みが不思議なくらいだ。


標高一六〇七メートルのチュリニ峠へ登る途中のムリネの村に最初の休憩エリアはあった。そこは標高七七三メートル地点で、正平は最初の目標とした標高一〇〇二メートルのブラウス峠を無事に越えて、二つ目の山岳区間も既に四百メートル登ってきたことになる。そこは幾つかの建物とカーブした道路に囲まれたテニスコート三枚ほどの広場で、普段は村人たちがペタンクを楽しむ教会脇の小さな公園のようだ。二週間後に超一流のプロ選手たちがこの村をツール・ド・フランスの本番で通る時は、休憩もせず風のように凄い速度で上り坂を通り抜けていくに違いない。一つ目の美しい峠は思いのほか順調に超えることが出来たものの、まだこれから二つ目の峠まで八三四メートルも登るため、ここでの補給は彼にとって大切になる。

広場には二百人ほどの参加者と、お揃いの黄色いTシャツを着た大会ボランティアが三十人ほどいた。村の老人や子供たちも、掛け声やラッパや鐘を大きく鳴らして既に疲労の色が濃いアマチュア選手たちを暖かく応援してくれている。幾つかのテントにも人が溢れ、強い陽ざしを少しでも避けようとしている。

付近の道路脇にロードバイクを停め、空に近い水筒を手にした正平は水と食べ物を求めて急ぎ足で広場の中心へと歩いていく。標高差六三〇メートルの最初の長い下りと、すぐに再び始まった長い上りで彼の気持ちは高ぶり、当然あるはずの足や臀部の痛みにまで気がまわらないようだ。とりあえず遠慮せずに彼はボランティアから受け取った水を飲み干した。そして時間を惜しむように慌ただしく手にしたパウンドケーキと薄くてパサパサの平たいパンを口に入れた。が、それは日本人の彼には決して美味しいとは言えない代物だった。ドーナツのような形をした果物も、恐らくそれは桃なのだろうが、日本の瑞々しい桃とは完全に別物だった。ゼリーや羊羹など最小限の補給食は自分で準備しているものの、最初の休憩所で満足に食べられなかったことに、正平は一抹の不安を覚えていた。

次の二つ目の峠を下り終わったところで計測する制限時間の関係であまり長居はしておれない。正平は二本の水筒に水を満たし、遮る壁もない露天のトイレへと向かった。恥ずかしいほどに縮んで隠れてしまっていたペニスを指切りグローブをした手でつまんで引き出し、フゥ～と気持ちよくすべてを解き放った。

次の休憩エリアは二十八キロ先。なんとか身体がもってくれると良いのだが、気合を入れ直して前に進むしかない。今のペースなら制限時刻はなんとかクリアできそうだ。

アレーと叫ぶ子供たちの元気な声援に送られて、また正平は走り始めた。

小さなその村を出るとすぐに真っすぐとどこまでも続く上り坂が彼の前に現れた。こんな直線の長い坂道はサイクリストが一番嫌なものだが、傷ついた彼にはなおさらだった。事前に得ていた情報では、この先に平均七%を超える坂が十一キロも続くという。

ある意味予想されていた正平の異変は、それから間もなく始まった。

楽しい夢から急に醒めたように、休憩前とは明らかに彼の体調は変わってしまった。休憩所で緊張が緩んだことで、運よく忘れていた痛みの閾値が一転して急激に下がってしまったのだろう。その前兆は最初の峠でも少し現れていたが、彼が眼をそらしていただけかもしれない。

少しでも座骨や恥骨への負担を騙そうと、正平はサドルから腰を浮かして離し、階段を前のめりに登るような姿勢で立ち漕ぎを試みたが、その瞬間にチェーンが外れてしまいそうになることに気がついた。足が少しでも逆回転した時にその現象は生じてしまうようだ。転倒を恐れるあまり、彼は立ち漕ぎも封印されてしまった。

日本を発つ直前に修理と調整を依頼していたスポーツ自転車専門店で、「一番軽いギアの設定時に後ろへ回転させると……」とメカニックの小出さんが何やら言っていたのを今になって思い出した。「チェックしてみてください。恐らく……」という言葉も、当時は正平の関心を引かなかった。骨折の痛みからの解放だけが彼の望みだった時期なので、ロードバイクのコンディションを気にする余裕がなかったのかもしれない。ゴッドハンドと呼ばれる小出さんも正平の出発に間に合わせようと相当苦労してくれたに違いないが、それが最悪のタイミングで、かつ明らかな問題点として彼の前に現れてしまった。大事な場面での機材の不調も、あの消えたタヌキの祟りなのかもしれないと彼は少し焦りを感じ始めていた。

第十二章

彼女の選択

――当日

第十二章　彼女の選択

当日

　一つ目のブラウス峠の中ほどにある美しい九十九折りの坂道にさしかかる頃、既にクリスティンの周りには同じ時間帯にスタートしたサイクリストたちは随分と少なくなっていた。

「体調がもうひとつの私に遠慮せず、みんなは完走を目指して先に進んで欲しい。独り置き去りにしても決して恨んだりしないから」

　スタート地点でクリスティンが笑いながら伝えたように、一緒に参加しているキャロラインらＲＣＣロンドンの仲間たちも、各自のペースでいつの間にか次々とクリスティンを置いて先に進んでしまった。もう彼女が仲間の姿をこれから視界に捉えることは出来そうもない。

『きれいな坂道だわ。写真に撮りたいけど』

　彼女は心の中で独り言をつぶやきながら、ペダルを踏む一定のペースを乱さぬよう心掛けて淡々と坂を登り続けていた。白いサイクリングウエアは、彼女が二度目のエタップで身に着けていたものだった。

これまで参加した四回のエタップでは、肩が触れ合うほど混雑した団子状態の集団の中で少しでも前へ抜け出したいと焦るように走り続けていたが、今回は約一か月前に治療を終えた肺へのダメージを極力避けながら完走を目指すことが、彼女にとっての最優先課題だった。

スタート順もとても遅く、はたして制限時間をクリアしながらゴール地点に辿り着けるのかという不安が彼女の頭に浮かんでくる。一定ペースで走ることを条件にシミュレーションした時間配分では、休憩時間をできるだけ短くし、勇気を振り絞って長い下りをスムーズに降りていければ、関門をクリアし続けながらゴールの制限時間に間に合う計算だった。パンクしないこと、南仏の暑さに負けないことが絶対条件になるのだが、これまで通り女神が自分を見放すことはないだろうと、彼女はぼんやりとした自信を抱いていた。

十五分や三十分後にスタートしたことを示すゼッケン番号の選手たちに次々と追い抜かれていくのは不本意だが、マイペースで淡々と峠を一つ一つ乗り越えていこうと彼女はスタート前から心に決めていた。

波打つ山塊は、白い巨岩が荒々しい姿を緑の樹々の間に剝き出す景色が美しく印象的だ。が、今の彼女にはあまりプロヴァンスの景色を楽しむような心の余裕はなかった。

気がつけば標高九百四十メートルまで登ってきている。青い空が急に広がり明るくなった。あと六十メートルも登れば最初のブラウス峠に到着する。

峠の頂が近づくにつれ景色は少し開けてきたが、世界中のサイクリストが憧れるイズラン峠やガリビエ峠があるサボア県のような雄大な岩山の景色とは全く様相が異なっている。繊細でまばゆい南仏特有の山々の風景であり、それを求めて七年ぶりに南仏へ戻ってきたのだと彼女は感じていた。

遅れを気にせず無理をほとんどしていないので、まだ足の方は問題なさそうだ。担当医のキャサリンがアドバイスと共に励ましてくれたからか、今のところ呼吸の方も苦しさは感じない。ペースを抑制しながらコントロールしている彼女が心配なのは、途中数か所に設定されているタイムリミットの方だった。

目指すゴール地点まではまだ百キロ以上もあり、三つの一級峠がこれから控えている。この抑えたスピードのままだと、果たして夜七時四十五分に設定されている最終制限時間に間に合うのだろうか。それどころか、二つ目のチュリニ峠を越えた第一関門さえ侮れない。

たどり着いたブラウス峠は四方を雑木林に囲まれ、少し残念な景色だった。爽やかな風も吹いておらず急に黒い雲が湧いて来ており、彼女は足を止めてまで休憩したいとは思えない。それより少しでも先を急ぎたかった。

先ほどから小雨も降り出していて、路面の一部は滑りそうな感じで濡れている。スタート前には雨の予感はなかったし、これ以上は降って欲しくない。周囲の選手の数はまばらだとはいえ、長い下り坂は気をつけなければならない。

クリスティンはブレーキレバーにかけた指の力を抜き、緑の深い谷へと続く下り坂に身を任せた。

二つ目のチュリニ峠への最初の補給処を過ぎたあたりから、木陰で休みをとる参加者の数が急に増えていた。吹き抜ける風はほとんどなく、南仏の陽ざしは英国やドイツなどからの参加者には相当こたえるに違いない。彼女はその横を申し訳なさそうに登っていく。

峠の頂きに近づくと、限界を超えた身体でロードバイクを押して進もうとする参加者の姿を多く見かけるようになった。

制限時間に遅れそうなクリスティンに抜かれるようでは、彼らに完走のチャンスはほとんど無い。悔しい思いを抱きながら力なく路肩に座り込んで、昨日まで積み重ねたトレーニングの日々を思い返しているに違いない。あるいは、その思考能力も薄れ始めている熱中症の参加者もいることだろう。

延々と続く上り坂に気持ちが潰えそうになって来た時、大会関係者のモーターバイクの女性が大きな声で励ましながら横を通り過ぎていく。

「峠まで、あと一キロだよ……。たった一キロ。頑張って……」

既にほとんどの参加者は峠の向こうに行ってしまったが、いまもクリスティンは標高一六〇七メートルの峠の手前で汗をかきながらもがいていた。

暑さもなんとか耐えられるし足もまだ動いているが、ペースが一向に上がらない。最初に決めたように、肺のことを考えてペースを一定に抑えながら登っているのだが、どこか少し計算がずれたのだろう。峠の向こうに設定されている制限時間にどうやら間に合いそうもなかった。

医療スタッフを後席に乗せた大会関係者のモーターバイクが次々と倒れ込んだ参加者の元へと急行していく。つらそうに応急処置を待つ参加者の姿を見ながら息を弾ませ止まりそうな速度で登っていく参加者たちも、我がことのように怯えているに違いない。

そんな想いを抱きながらチュリニ峠の頂にようやく辿り着いたクリスティンは、軽くブレーキをかけて慎重に足をついた。吹き出す額の汗を指切りグローブをした手の甲で拭きながら、残った肺の力を確かめるように大きく何度か深呼吸を繰り返した。

この二つ目の峠を約千メートル下りきった地点に設定されている関門の制限時間まで、あとわずか十分ほどしか残っていない。十五キロの間に千メートルを下る平均六・六%の急な下り坂で、よほど慎重に下らないと死につながる様な危険な下り坂が彼女をこれから待っているはずだ。どう考え計算をし直しても間に合わないだろう。

途中リタイアを覚悟した彼女は、慎重に峠の北側に向かって下り始めた。

予想以上の急な下り勾配が延々と続く。林や森の中を通る南側の登り区間とは異なり、樹々に視界が遮られることのない眺望の利く素晴らしい景色だった。右側は荒々しく切り立った岸壁、左側は底が見えない深い谷。道と谷との境には高さ五十センチの低い石積みがあるだけで、カーブを曲がり切れずに衝突すれば、身体は宙を舞って谷底へと降って行くのだろう。

至る所で激しくディスクブレーキの軋む甲高い音が幾重にも鳴り響いている。カーブを曲がった先や、暗いトンネルを抜けた先では、崖に激突して倒れ込んでいる参加者と救護する大会関係者をしばしば見かけるようになった。この時刻にこの場所だけでも相当な数の負傷者が出ているようだ。制限時間を気にして急ぎ過ぎたのか、疲れや暑さで気持ちが緩んでしまったのか。彼女は改めて気持ちを引き締めた。

そんな幾つもの惨状を横目に、慎重に長い急坂を下り切って最後の急カーブを右へとまわった時、谷底の小さな集落の川沿いの広場に二百人を優に超えるサイクリストたちの姿がクリスティンの目に飛び込んで来た。その場所こそ、制限時間の第一関門だった。

彼女は集団の少し手前で停止し、汗に濡れた腕時計を見た。既に制限時間を十五分ほど過ぎていた。大きく溜息をつき、彼女はサングラスを外して空を仰いだ。明るい水色の高い空をゆっくりと柔らかそうな白い雲が流れていた。

コースは生活道路を完全封鎖して大会専用としているため、最後の参加者が通り過ぎるごとに封鎖を解除していく。大会規定によると、制限時刻を過ぎたものは、その全員を待機させてあるバスに乗せ、ロードバイクは後続させる大きなトラックに積み、最終ゴール地点へと一旦運ぶのだという。自走でニースまで戻ることを希望すれば可能だが、遅れた参加者たちのほとんどは疲れ果てており、バスを選ぶに違いない。ゴール地点に着替えなどの荷物を置いている参加者も少なくない。

リタイア地点からゴール地点までバスで運ばれた後は、もう一度別のバスで一万人を超える完走者たちと一緒にスタート地点のニースまで運ぶのだという。なんとも大掛かりな輸送作戦だが、リタイア地点からスタート地点に直接戻す選択肢は運営側の都合により設定されていなかった。

広場では既にトラックへのロードバイクの積み込みが始まっていた。我れ先にとトラックに集まっているリタイア組の参加者たちは、きっと少しでも早く身軽になって、ゴールまで運んでくれるバスの座席に座りたいに違いない。彼らは自分の限界を超えて疲れてしまった参加者たちなのだ。参加者に占める女性は一割以下だが、リタイア組の約三割は女性だった。

遅れてしまった参加者たちも仕事の合間に真剣に練習をし、完走の夢を抱いて世界中からここへ集まり、喜びとともに今朝スタート地点に立ったのだろう。五回目のエタップ参加にして初めて途中リタイアの不運に直面したクリスティンは、そんな当たり前のことに初めて思い当たった。

その中に見覚えのある珍しいサイクリングウエアを着た小柄な男性がいるのをクリスティンの眼が捉えた。少し距離があり、背中を向けた彼の顔を確かめることは出来ないが、その白い横線が胸に入った真っ青な同じウエアを彼女は今も自宅で大切にしていた。南仏で開催された七年前のＲＣＣサミットで参加者だけに配られた特製のウエアだった。

『彼は日本から一人で参加していた医師で、名は確か……』

混雑のせいで彼に近づけないが、サミットの翌年にエタップを完走して嬉しそうな表情の写真を彼がインスタグラムに投稿していたのを彼女は思い出した。

行く手を阻む規制線の手前に呆然として立つ彼女の少し先で、大会関係者とドイツ語訛りの英語で交渉している数名の男女がいた。

「絶対に回収バスに乗らなきゃいけないの？　まだ、こんな昼過ぎの時間なのよ。このまま進んじゃ駄目？　良いでしょう？　ドイツから来たのに……」

フランス語訛りの英語を話す若い係員は、逞しそうなドイツ娘に笑顔で対応していた。

「行っても良いですけど、もう少ししたらこの先の道路封鎖は解かれますから、自動車には気を付けて下さいね。係員によるコースの巡回や事故時の医療チームのサポートなどもなくなります」

「自己責任なら、先へ行っても良いってことよね」

「休憩ステーションでの補給食や飲料水のサービスも終わっているかもしれませんよ。ちゃんと補給食は持っていますか」

「大丈夫。足りなきゃ、みんなで分け合います」

「あと二つの一級峠がありますよ。まだ二千メートル以上も登るんですよ。肝心の体力の方は大丈夫ですか」

係員は、彼女たちが途中で疲れ果てて、また動けなくなるのが困るのだ。

「ちゃんと最後まで走れると思うわ。ね、みんなも行くわよね」

「僕らは、ここでリタイアするよ」

五人のうち最も疲れた表情の二人の男女が告げたが、二人の女性と一人の男性はこのままサポート無しでも前に進むという。

「回収バスの方が私たちより先に到着するはずだから、ゴール地点で待っていてね」

一番元気そうな女性を先頭に、三人は規制線のテープを潜って北に見える緑濃い山に向かって進んでいく。二十キロ先には三番目の峠、標高一五〇〇メートルのコルミアーヌ峠が待ち構えている。

ここから二キロ先に設営されている休憩ステーションでは補給食がまだ少しは残されているだろうが、次の休憩ステーションは峠の頂にあるという。そこまで彼らの体力が持つのだろうかと周りで見ていた誰もがそう思ったが、やり取りを人混みの後方から聞いていたクリスティンだけは違った。どうしても、自分もこのまま先に進みたいと思った。

『まだ午後三時少し前。六十キロ先のゴールへは五時間かけて走れば間に合う計算だ。そのうちの二十キロは下り坂だから、平均時速十二キロなら間に合うだろう』

それが過去四回のエタップを完走した彼女の計算だったが、既に八十キロを走り終えた疲労のせいか、険しい二千メートルもの上り坂が四十キロも残っていることを彼女はうっかり忘れていた。

『こんな素晴らしい天候の中でこれほどのコースを走ることは二度とないのに、回収バスに黙って座ってゴールまで運ばれるなんて……』

彼女の頭にそんな言葉が次々に浮かんでくる。ひと月前まで乳癌の肺転移と闘っていた彼女には、次回や来年ではなく、今日こそが重たい意味を持っていた。

「進もう……」

決意を妨げるものはもう何もなく、彼女は山へ向かって独り走り出した。

ふと道路脇に駐車しているリタイア回収バスの方を向くと、あの青いウエアを着た男性が窓の向こうから規制線の先へと走りだした彼女を驚いたような目で見ていた。独りで進んでいく彼女を見つめたまま、笑顔を取り戻した彼が軽くその手を振った。

百キロ地点にある第二関門を午後四時半の制限時刻ギリギリで通過したクリスティンは、夜八時近くになってもまだ黙々と走り続けていた。目前に迫っているゴールへの最終走者の予想到着時刻は夜七時四十五分とされていたが、少し遅れても自力で峠を登り切ってゴールラインを通過できれば完走者と認められる。

最初の峠の下りで小雨がパラッと降った後はずっと良く晴れていたが、最後の峠を八割ほど登った頃に、灰色の雲からまた小雨が降ってきた。ゴールとなるこのクイヨール峠の標高は一六七八メートル。雨雲は十五分ほどで風に流されていつの間にか消え、再び現れたプロヴァンスの夏の太陽は静かに北西の山の端に隠れようとしている。

ゴールまで一キロ地点を示す赤い標識が彼女の前に突然現れたが、呼吸を整えながら下を向いて黙々と坂を登っていたので直前まで気がつかなかった。これまでのエタップのゴールは数キロ手前から多くの観客や関係者の姿や声援に満ちていたが、今回のゴールは辺鄙な山間の峠にあり、関係者以外の姿はほとんどそこになく静かった。

彼女の前にも後ろにもほとんど誰も走っておらず、この数キロはずっと一人旅を続けている。明らかに遅れているが、あと五百メートルも走ればゴールのクイヨール峠が待っているはずだ。

第一関門を遅れて通過してからの六十キロの道のりは苦しく寂しかった。過去に参加したどのエタップのコースより厳しかったが、鮮烈なフレンチ・アルプスの峠道とはまた違う美しい自然と素晴らしい道が、肺の傷を癒したばかりの彼女を前へ上へと引き上げてくれた。

ゴールが近づいたのだろう、賑やかな音楽が聴こえて来だした。それを合図に、また小雨が降りだした。晴れたり降ったり、今日の天気は一日中とても気まぐれだった。

少し坂が緩やかになったところで、彼女は後ろをチラッと振り返った。四十メートルほど遅れて数名の男女が顔を苦しそうに歪めながら登ってくる。その向こうにはもう人影は認められない。彼らこそ最後の完走者になるのだろう。

『自分もあんな表情をしているに違いない。そしてゴールラインを越えた時に、笑顔より先に涙があふれるのだろう』

過去の完走の時に感じた嬉しさの何倍もの嬉しさが彼女の心を満たし始めている。

七十メートルほど前に男性が一人、その少し先にも恐らく女性が一人背中を左右に揺らしながらゴールへ向かって走っている。まもなく彼らにはしばしの安息と、重たい完走者メダルが届けられるだろう。

先を行く一人が右手を高く突き上げると、完走を称えるマイクの声援の音がひと際大きくなった。次の完走者はふ～っと安心したように足を地に着いて、背を丸めてハンドルに深くうなだれた。動かない彼にクリスティンは徐々に近づいていく。

足の負担が一気に消え、ペダルを回さなくてもす～っと進んでいく。ついに峠に着いたのだ。少なくない数の大会関係者たちが大きな歓声と拍手を彼女に向かって送ってくれる。彼女は両足を着き、背筋を伸ばして空を仰いだ。頭に誰かの手が触れ、首に重さを感じた彼女はそれが完走者メダルであることを知った。これまでで一番重たく、そして嬉しい完走者メダルだと彼女は感じていた。

彼女の見事なゴールから一分もしないうちに、最終完走者がゴールラインをゆっくりと通過した。満面の笑みをたたえた彼は、白髪交じりの小柄な六十五歳ほどの男性だった。彼の右膝と右肘には血が滲んでいて、青色のウエアも土と砂に汚れ、ヘルメットには新しそうな傷が出来ている。どこかで派手に転倒したに違いないが、それでも彼はここまで決して諦めずに長い坂道を登って来たようだ。

彼の眼鏡の奥には、雨とも汗とも涙ともつかない水滴が頬へと流れている。ゴール地点を照らす強烈なライトを浴びて、彼の首に誇らしく提げられた金色のフィニッシャー（完走者）メダルはきれいに光り輝いていた。

彼女が時計に目をやると、既に夜八時を少し過ぎていた。十二時間を超える長く苦しい一人旅だった。彼女は先ほどの最終完走者と互いの健闘を称え合おうと彼をもう一度探したが、その姿を二度と眼にすることはなかった。

第十三章

夏夜の夢幻

――当日

第十三章　夏夜の夢幻

当日

あの日から約三週間、一度もサドルにまたがらずに南仏へ飛んできたこと自体が正平にとっての無謀な冒険だった。が、もしも参加を断念して日本に留まり今日を迎えていたとすれば、大きな後悔に彼はこの先長くとりつかれていたに違いない。

二つ目の大きな峠を越える前に味わったあの苦しみは、彼にとって初めての経験だった。骨折の痛みはもちろん、やはり直前の練習不足が祟ったのは間違いない。

止むことのない右ふくらはぎの痙攣の気配に怯えながらの登坂は、結果的に多くの余計な時間を彼に課することとなった。走れるかどうかに関心が行き過ぎたゆえ、補給食やコースの研究が疎かになっていた。

走れる喜びを驚きながら感じていた一つ目の峠は無我夢中のうちに乗り越えたものの、厳しく長い二つ目の峠を登る途中で次々に後続に追い越されていくうちに、色々と余計なことが彼の頭に浮かんでは消えなかった。峠まであと二キロの地点で、とうとう彼は最後まで走り続けることが難しいことを認めざるを得なくなった。

小刻みに震える足の筋肉を休ませるために峠の頂でロードバイクを降りて木陰で長い休息をとった彼は、途中リタイアを受け入れることとした。もう制限時刻をクリアできる可能性は探せなかった。

これまで経験したことのない熱中症にも似たつらい症状は、彼がリタイアを受け入れた瞬間にほどけて気持ちも楽になった。痛みのことも、完走者メダルのことも忘れてしまいそうだった。後は残された長く美しい下り坂を豪快に、そして慎重に、千メートル下に待ち受ける途中関門まで降り切るだけだった。二度と見ることはないだろうプロヴァンスの山奥に秘された景色を、彼は目と脳に焼き付け心に刻み付けながら走った。

十五分ほど遅れてたどり着いた第一の時間関門……。彼の解放された気持ちには、まるで小さな羽が生えているようだった。


想像を遥かに超える大渋滞でいつ到着できるか分からぬまま、正平を乗せた回収バスは狭い山道をゴール地点へと向かっていた。

午後二時半にレースを断念して、午後三時にはバスの座席に疲れた身体を委ねてホッとしていたにもかかわらず、午後八時近くになっても依然として満員の車内に正平は座り続けていた。英語を話さないフランス人の運転手は乗客に事情も見通しも説明もせぬまま一人勝手にイラついていた。これほど長い時間、いつ到着するか見通せないまま荒い運転に問答無用で身を任せ続けるとは、車内で一緒に過ごした脱落者たちの誰一人として乗り込んだ時には考えなかっただろう。

【頑張ったけど、やっぱり無理だった。中間地点で制限時間に間に合わずに強制リタイアになり、バスに回収されてゴール地点に向かっている。そこからまた帰りのバスでニースまで戻る予定。ただ、大渋滞でいつホテルに戻れるか予想もつかない。足腰の痛みは今のところ悪化していない。まぁ、そんな感じで残念でした。お土産買って戻ります】

正平は結果の報告を妻の真美子にメールした。日本は翌朝の四時くらいだろうか。まさか起きているとは思えないが、結果報告をあまり遅くするわけにもいかない。

【ご苦労さまでした。お疲れさま。残念でしたね。結果はどうあれ、無事に帰国してくれることが一番のお土産です。しっかりと身体を休め、骨折をきちんと治してください。娘たちのためにも、患者さんたちのためにも、これからは安全第一でお願いします】

予想に反し、すぐに真美子から返信が届いた。結果が気になって、なかなか寝つけずに連絡を待っていたようだ。家族の本音としては、激しい転倒もありうる危険なスポーツを控えて欲しいのだろう。ねぎらいの言葉の中に埋め込まれた懇願が正平の胸に響いた。

いつしか小雨が降りだし、標高が高いゴール付近では気温も急に下がりだした。五時間以上も飲まず食わず渋滞するバスの中で大人しく我慢していた参加者たちも、切迫する尿意だけはさすがに我慢できない。数人が身振り手振りで運転手に英語で掛け合い、一時停車中のバスの横で並んで用を足していた。女性の参加者たちは特に気の毒だった。脱水気味の正平は幸い尿意を催さず、遠くのゴール付近に見える完走者たちの嬉しそうな姿を車窓からボーっと眺めていた。

既にゴールの制限時間を少し過ぎているが、回収バスの到着と最終完走者の到着がまさか同じ日暮れに重なるなど、リタイアした時には全く想像もしていなかった。こんなことなら、時間制限に遅れた関門を超えてそのまま走り続けていた方が遥かに良かったかもしれないと思うものの、彼の骨盤の悲鳴は、やはりその完遂を許さなかっただろう。冷静に考えて半分を走り切ったのはむしろ奇跡に近かったと、彼はゴール地点に辿り着いたバスを降りながら感じていた。

陽が沈み、すっかり暗くなったゴール付近の広場では多くの完走者たちが楽しそうに過ごしていた。中には雨に打たれて寒さに凍えそうな表情の人々も少なからずいるが、その首にかけられた完走者メダルの輝きが彼らの周囲を明るくしていた。

『ここでこうしてメダルを抱きながら過ごしていたかった』

スタート前から彼の想いを叶えることが難しいことは決まっていたに違いないが、それでも半年以上も前から入念に準備し体調を彼は整えていただけに、やはり悔しさの方が大きかった。

すっかり暗くなったゴール地点で、またも一時間近くが意味もなく過ぎていった。強制リタイアから約七時間、ようやく正平は帰路のバスに乗り込んだが、なぜか動く気配はなさそうだ。スマホをいじるが、人里離れた山中なので電波状況は良くなかった。

妻とクリニックのスタッフの次に正平の頭に思い浮かんだのは彩花だった。動く気配をなかなか見せないバスの中から彼は眠気と闘いながら彼女へメールを送った。

【朝早くに申し訳ない。君の応援にもかかわらず、半分ほど走ったところで制限時間に間に合わずに強制リタイアになりました。あの事故までは体調は万全で完走も自信があったけど、さすがに骨盤骨折の痛みが残り直前練習も不十分な状況では完走はどう考えても無理でした。でも、今はなぜか満足して穏やかな気分です。これからバスでニースに戻りますが、到着は深夜十二時を過ぎるみたいです。バスに乗せられている時間の方が長くて実はバテバテです。とんでもなく長い一日でした。続きはまたお会いした時に】

日本は日曜日の朝六時ころ。彩花からの返信は、三十分ほどしてバスの座席でウトウトしている正平に届いた。

【先生、お疲れさまでした。あんな事故の後ですから、峠をひとつ越えられただけでも凄いことだろうと思います。無理をして怪我が悪化しては患者さまが困られます。スタート直前に応援メールを送りましたが、その後もずっと心の中で声援を送っていました。帰国されたら写真や

楽しいお話をぜひ私にも聞かせて下さい。待っています♥】

正平は最後のハートの絵文字を見て、年甲斐もなくドキドキする。

【二つ目の厳しい峠でも君の声援はずっと僕の心に届いていました。でも今度ばかりは我が年齢を実感してしまいました。もうすっかり爺医です　笑】

小雨も止んだ夜の十時半過ぎ、ようやく正平を乗せたバスはスタート地点へ向けて動き出した。乗り込んでから既に四十分が経過していたが、他の二台のバスが満席になるのを待っていたようだ。バスよりも大きなトラックも同時に暗闇の中を走りだしたが、三台のバスに乗り込んだ大勢の参加者たちのロードバイクが積み込まれているという。まだ後に他のバスも数台控えているが、次の十一時発予定の便が最後のニース行きのシャトル便となる。ここからニースまでは、数十キロの狭い山道を含めて百キロ以上の距離がある。

八割ほど埋まった席に座る参加者たちは皆一様に疲れ果て、隣り合う者同士で話を続けている者は少ない。半数ほどの参加者たちの首には完走者メダルが誇らしく輝やいている。中にはポケットに大事にしまっている人もいるだろう。乗客のうち、正平のようにメダルを羨ましい目で眺めているのは何割ほどだろうか。

通路側に座る正平は隣に座る若いイギリス人男性と最初に少し挨拶をしたり疲れを互いに労ったりしたものの、長く厳しい一日の後で身体も口も非常に重たかった。揺れるバスに腑抜け同然になった身を委ねて、ニース到着予定時刻も分からないまま眠りに落ちていこうとする自分を感じていた。

そんな彼を眠りから引き戻すように甲高い電子音が鳴る。正平が手に抱くスマホにメッセージが届いたのだ。

真美子や彩花とクリニックのスタッフたちには、既に途中でリタイヤしたことの報告や日本から応援してくれたことへの感謝の言葉を送っていたので、彼は母親か娘たちからだろうと思いながらスマホの画面を開いてみた。

【おはよう、村田くん。せっかくの日曜日の朝、起こしちゃったかしら。もう八時過ぎだから構わないよね。母のことがあってからしばらくは何もする気力も湧かず、友達の楽しそうなインスタも見るのがつらくて……。だから、少し前に送ってくれていた村田くんの新刊小説を昨日ようやく読ませてもらったの。けっこう面白くて一日で読みおわっちゃった。小学校の頃、そんなに作文うまかったかなぁ。でも、お世辞じゃなく一作ごとに上手くなってない？　あの最後まで独身を貫いた恵子さんって、もしかして私がモデルなの？　知っていると思うけど、私は大手商社マンと結婚したのよ。アイツの不倫で熟年離婚したけどね　笑】

正平の小学校の同級生、川添里菜からのメッセージだった。

こんな時に予期せぬメッセージが届いたので驚いたが、とっくに還暦を過ぎた今では、昔からの友人が以前にも増して大切に感じられる。

別々の中学に進み縁遠くなっていたが、彼女は勉強も運動も正平よりずっと優秀だった。先にストレートで医師になった彼女と学会で上京した三十歳の頃に再会し、当時まだ独身だった二人は家の電話番号を交換して時々話しをするようになっていたが、それも数年もしないうちに途絶えていた。まだスマホも携帯電話もない時代だった。

卒業して初めて開催した五年前の還暦記念同窓会の時に、三十年振りに地元の福岡で再会した二人はメルアドや電話番号など連絡先を互いに交換しあい、SNSなどで言葉を交わすようになった。東京虎ノ門の病院で非常勤に転じた彼女は独身だったが、それまで内科の常勤専門医として働きながら、二人の子供を立派に育て上げていた。

「これからは自由に都会の生活を楽しむわよ」

そう語っていた彼女の笑顔が正平の目に浮かぶ。

春先に母親を亡くして以降、彼女のSNSは更新がしばらく滞っていた。

【お母さんのこと、残念だったね。父をコロナで亡くした時のことが思い出され、君のつらさは痛いほどよくわかるけど、かけてあげる言葉が何も見つからなくて】

【いいわよ、ありがとう。四十九日も済んで、気持ちも落ち着いたわ。それより、村田くんのお父さんが亡くなったのはワクチン開発の直前だったけど、想像出来ないほどつらかっただろう

と思うわ。村田くんも危機一髪だったしね。もうすっかり元気なの？　人生をチャンと楽しんでいる？】

正平が返事をするより先に、続けてすぐに次のメールが里菜から送られてきた。

【介護保険の保険証も届いたでしょうし、年金もらえる世代なのよ。村田くんみたいに働いていたら死ぬまで年金を貰えないわよ。どんだけ税金を払い続けるつもり？　厚労省や財務省の思う壺よ】

明るさをとり戻した彼女は、日曜の朝を幼馴染とチャットしながら過ごしていると思っていた。

【実は南フランスにいるんだ。夜の十二時過ぎ。朝七時から自転車大会に参加してた。今はゴール地点から遠く離れたニースのホテルへ戻るバスの中。時差ボケと疲れで本当は眠たいしスマホの電池が切れそうだけど、里菜ちゃんからのメールは大歓迎】

【へ～っ、思い切って休みを取ったのね。南フランスって羨ましいわ。綺麗なんでしょうねぇ。奥さんと一緒なの？　それとも若い彼女とかしら？】

【彼女なんていないよ。妻は父親の介護があるから連れてこれなかった】

【あらそうなの？　うちの元旦那、仕事で忙しいって、しょっちゅう深夜に帰宅したり外泊していたわ。あれ、みんな浮気だったと思う。男ってみんなそうなんじゃないの】

【僕は違うよ。母親の世話をしながら田舎で一緒に暮らしているし。若い女性とお話しても、ぜ

んぜん話題が合わない。もういい歳だから、アレも役に立たないしね】

【それはきっと嘘よね。あなたの生活をインスタで見ていると、まだまだ若々しくて男としての魅力は失ってないわ。お金もあるだろうし、実はモテるんじゃないの？】

【ありがと。お世辞でも嬉しいよ。でも今はサイクリングやら小説書きやら音楽や映画やら、あまりにも色々と趣味が多過ぎて時間が足りないよ。そもそも仕事のし過ぎで自由な余暇の時間があんまりないんだからさ】

これ以上、浮気の話をするとボロが出そうで、正平は話題を変えた。

【村田くんたち開業医って、国からやりがい搾取で二十四時間責任持たされて、厚労省の労務管理からは切り離されて、財務省には時代に逆行する賃下げを理不尽に強制されて。で、税金たっぷり払わされても、開業をやめない限り年金は死ぬまで貰えないんでしょ？　そもそも定年が無いしね。たまには若い彼女とフランス旅行してサイクリングでもしなきゃ、アホらしくてヤッテラレナイわよねぇ】

里菜の言葉はあまり穏当ではなかったが、クリニックを経営する正平の心情はその通りかもしれなかった。

【誤解だよ。本当に独りで来ているさ。彼女も愛人も、そんな人はどこにも居ないよ。それに、海外は五年ぶり。その間、国内旅行だって一度行っただけさ。学会だって、オンライン参加だ

しね】

【それは寂しいわね。還暦は過ぎたと言っても、お金も体力もあるだろうし、もし時間さえあれば今がいちばん旬の男盛りなんじゃないの？　閉経すると女はどうしても変わっちゃうわ】

彼女もまたコロナによって失われた四年の年月を悔やんでいるのだろう。最愛の母親を亡くしたからだけではなく、子育てを終えひとり都会で暮らす彼女の心も身体も、この四年間に大きな変化を遂げたはずだ。

【コロナの前に三年続けてフランスの自転車大会へ参加したけど、その後は大会が中止されたり日本での流行への対応に追われてなかなか参加出来なくてね。六十五歳になる今度こそは、五年振りのフランスでの大会を楽しむハズだったんだよ。人生何があるかわからないから、この先は今を精一杯生きようと思っててね】

正平はコロナ禍の四年間に起こった様々なことや今日一日の出来事などを思い出しながら、川添にメールを送っていた。こうしていると、足や座骨の痛みは完全に忘れてしまっている。

まだニースへの道のりの半分もバスは進んでいない。退屈な車内で里菜とのチャットに正平は助けられていたが、もうスマホの電池残量は十％になっていた。

【ハズだった？　大会に参加したんじゃないの？　楽しくなかったの？】

そのうち、電池が完全に消耗されてチャットも出来なくなるだろう。

【実は三週間前、急に飛び出してきたタヌキと衝突事故を起こし、恥骨と座骨に五か所の骨折（ヒビも含むけど）が見つかったんだ。数日間ほとんど歩けず、二週間は杖無しでは生活できなかった】

【よくフランスへ行けたわね】

正平は里菜の驚く顔を思い浮かべた。

【幸い骨折箇所にズレはなくてね。保存的にあらゆる治療を試み、奇跡的に鎮痛剤を服用しながら杖無しで歩けるようになった】

【恥骨や座骨骨折は治癒が遅くて、痛みも長引きやすいと聞いたことがあるわ】

【そうらしいね。大会の三週間前だったから参加を一度は諦めたんだけど、励ましてくれる友達もいてね。トレーニングを完全にストップして身体を休めてみたんだよね】

【とにかく現地へ行くだけは行こうと思ったのね。村田くんらしいわね。その励ましてくれた友達って、たぶん女性よねぇ】

彼女の推測はどれも当たっていたが、それに関して彼は答えなかった。

【大会当日、つまり今朝初めて自転車に乗ってみたら痛みを感じなかったから、一か八かでスタートしてみたんだ。走りながら嬉しくて泣きそうだった。興奮状態で恐らくハイになっていたのと、鎮痛剤のおかげなんだろうけどね。職員が痛くなりにくいようにお尻の緩衝パッドを

特別に工夫してくれたのも役に立った】

【へ〜っ、良かったじゃない】

【でも、三週間の完全ブランクと骨折の事実はどうしようもなく、本当は一三五キロ走り、四六〇〇メートル登る非常に厳しい大会なんだけど、八十キロ走り二三〇〇メートル登った地点にある関門の制限時間に少し間に合わず、途中で失格になったんだよ。痛みだけではなく、暑さと練習不足のせいか下腿の筋肉までが攣《つ》ってしまってね】

【凄いねぇ。でも、大事に至る前に途中リタイアして良かったと思うよ。また、小説のネタが出来たんじゃゃない？】

その通りだった。川添に限らず、先にメールを送って途中リタイアを報告していた妻の真美子も、励まし続けてくれた植松彩花も、クリニックで帰りを待つスタッフたちも、主治医の星野も、きっと同じように思っているはずだ。

【走りながら色んなことを考えたし、色んな人を思い浮かべた。もし骨盤骨折がもう少しひどくて不安定にズレていたら、完全な仕事復帰も出来なかったかもしれないしね。転倒した時に頭も地面にぶつかったのをヘルメットがきちんと守ってくれた】

【コロナ入院もだけど、さまざまな試練をよく乗り越えていると感心してしまうわ】

【途中失格も、あれ以降も無理して走り続けると骨折箇所がズレたりするのを神様が未然に防い

でくれたのだろうと感じている】

午前二時近くなり、ようやくニースの市街地にバスは入ろうとしていた。とんでもなく長い一日を振り返ると、スタート時には全く想像もしていなかった出来事で満ち溢れた大会だった。正平たちの三台のバスの乗客の後に、まだ数台のバスに乗った参加者たちが深夜のニースの街に戻って来るはずだ。

思えば、正平はまともに昼食も夕食も摂ってはいなかった。水分も少なく、トイレに行くのすら必要なかったほどだ。今まで緊張と興奮の中で忘れていたが、お腹がすき喉も渇いているが、不思議とあまり疲れは感じない。が、ホテルへ着けば正平は泥のように眠ることだろう。もうスマホの電池は完全になくなろうとしていた。

【もうスマホの電池が切れそう。チャットに付き合ってくれてどうもありがとう。帰国したら、また久しぶりに会いたいなぁ】

【えぇ、そうね。オバサンで良ければ、いつでもデートしてあげるわよ】

ニースに正平が到着したのは、深夜二時を少し過ぎた頃だった。

三台のバスから降りた参加者たちは、ゴール地点から三時間半もさらに疲れを重ねたことになるが、ようやくホテルのベッドで眠れるという喜びの方が勝った顔をしていた。並走したトラックから降ろされたロードバイクに再び跨り、まだまだ多くの車と人通りのある海岸線の広い道路を他の参加者たちと一緒に走って帰ることになるとは、スタート時には誰ひとり思いもしなかっただろう。幸いなことに正平の休ませた足腰の痛みは気になるほどではなく、明日は歩いて無事に日本への帰途に就くことはできるだろう。

灯りを落としたホテルの玄関ドアを開けてもらいロビーに入った途端、正平は来年のレースのことを早くも考え始めていた。また懲りずにエタップに参加するか、それとも毎年夢に見てきたイタリアのドロミテの大会に今度こそするのか。一週間ほどで六十五歳になる正平に残された時間はそう多くはない。

海辺のプロムナードが見渡せるロビーに置かれたソファーでは、胸に完走者メダルをかけた若い英国人らしい男女のグループ数人がにこやかに話をしながら寛いでいた。

正平の姿を見かけたそのうちの一人の女性がウインクしながら軽く手を振った。夏の夜の夢か幻か、長い一日を共にサドルの上で過ごした初老のサイクリストの健闘を「英国の仲間」が笑顔で称えてくれたように正平には思えた。

第十四章

完走メダル

――二週間後

第十四章　完走メダル

二週間後

南仏ニースで開催されたエタップから二週間、骨盤骨折の事故から五週間が経過していた。まだ鈍い痛みは続いているものの、正平の足の運びを他人がおかしく思うことは既になくなっていた。

「参加されるだろうと思っていましたけど、ありえない早さの回復でしたね。普通なら最初の一か月は杖無し歩行すらドクターストップですよ」

大会出場前に頼りにした整形外科医の星野へ正平が結果報告の電話をすると、驚きながら笑われてしまった。正平は年下の彼に短い言葉で感謝を述べ、心の中で手を合わせた。

先週は馴染みの焼肉屋で、正平は妻と娘たちに無事な帰国と満六十五歳の誕生日を祝ってもらった。高齢者の仲間入りを果たして介護保険証と年金受給権利を手にした父親の無謀な挑戦への小さな喝采と大きな心配とを、まだ残る足腰の痛みを感じながら彼は素直な気持ちで受け取った。

異様な暑さに屋外での活動を一切控えている他は、診療を中心とした普段通りの生活が彼にまた戻ってきている。熱中症で来院される患者も多く、冷房の効いた院内で忙しく働けることが幸せなのかもしれないと彼は自分に言い聞かせていた。

フィレンツェを出発したツール・ド・フランスもニースで七月二十一日に最終日を迎え、本命ポガチャルが前年まで二連覇のヴィンゲゴーを抑えて、圧倒的な差で三度目の総合優勝を飾った。五月に行われたジロ・デ・イタリアと併せての栄冠で、これから彼が過去の王者たちの記録を次々に塗り替えていくことを予感させる余裕の勝利だった。

大会後に引退するカベンディッシュも伝説のメルクスを超えるツール区間優勝を果たし、超えられない壁がないことを世界のロードレースファンに見せつけた。

全二十一ステージを終えての順位は、総合優勝がスロヴェニアのポガチャル、二位がデンマークのヴィンゲゴー、三位はベルギーのエヴェネプールだったが、正平が驚かされたのは、彼らが経験した大怪我からの復活劇だった。

ツール・ド・フランスが終わった翌々日の火曜日の夜、医師会館で行われる開業医向けの講演会の講師に招かれていたのは、筑紫大学循環器内科准教授の中江征夫だった。

中江の到着を控室で待っていた座長役の正平は、大粒の汗を額に浮かべて到着した中江にエタップの会場で買い求めたピンク色のTシャツを土産として手渡した。

「Mサイズで中江君には少し小さいかもしれないけど、良かったらどうぞ」

「ありがとうございます。これが着れるように頑張って痩せたいと思います。今回のエタップはどうでしたか。一緒に行ったガリビエ峠のマーモットと比べて楽だったですか」

正平は骨折前のトレーニングが上手く進んでいた時期に、エタップに挑戦する旨を中江に伝えていた。その時の引き締まった身体と顔の表情から、彼は正平が完走を果たしてメダルを持ち帰ったものと思っているようだった。

「途中でリタイアしたよ」

「えっ？　先生が大会をリタイアするのは初めてではないですか」

骨盤骨折をした後は完走どころか渡仏も諦めていたので、正平は直接会わない人にはエタップの途中リタイアはおろか骨折した事実さえ隠していた。下手に伝えて、参加を思いとどまるよう常識的に忠告されるのを何より恐れていた。

「心配すると思って伝えなかったけど、先月に同門会で会って少しした頃、山でトレーニング中に落車して骨盤を五か所ほど軽く骨折したんだよ。大会の三週間前だった」

「骨盤骨折って、マジですか。そもそも三週間とかで走れるんですか。骨盤骨折だったら、痛くて二か月ほど自転車には乗れないでしょう」

驚愕の表情を浮かべた後輩が言うことは、医学的にも至極もっともなことだった。

「まぁ、普通はドクターストップというか、どう考えても無理だろうけどね」

「それも、下半身ですからねぇ」

「八年前に左手首を手術した時は、坂道を走れるようになるまで一か月半かかったかな。でも、今回は幸か不幸か手術が必要になる骨折ではなかったからね。五か所の骨折は、幸いにもズレて不安定化してなかったし」

　中江は全く理解不能だと呆れ顔だが、不思議だったのは正平自身も同じだった。

「知っているか？　今年のツールの上位三人はみんな骨折していたんだよ」

「ポガチャルとかヴィンゲゴーとかですか」

「そうだ。ポガチャルは昨年四月のレース中に落車して左手の舟状骨と月状骨を骨折して緊急手術を受けたんだ。なのに、昨年のツールは不十分な調整だったものの二位だった。今年は完全復活し、五月のジロ・デ・イタリアに続き、ツールも制してしまった」

「去年は骨折のせいで負けたんですね。でも二位は凄いですよね」

「これからは気をつけて安全に走ると言ったらしいけど、自動車並みの速度で集団走行する選手たちは、常に大きなリスクを背負って走っているだろうなぁ」

「確かに……」

「一昨年、昨年とツール二連覇中だったヴィンゲゴーは、今年四月のレース中に集団落車し、鎖骨と数本の肋骨を骨折してしまった。肋骨骨折のせいだろうけど、肺損傷から気胸を起こし緊急手術までしている。引退の懸念がよぎったほどの大怪我だったようだ」

「でも、今年二位なんでしょ。凄いですよねぇ」

「三か月後のツールを目標に、事故から一か月後にトレーニングを再開したらしい。あらゆる努力を彼もチームもやったんだろう。総合二位は驚くべきことだ。毎日ロードバイクに乗れることが喜びだ……と言ったみたいだけど、その気持ちは僕も痛いほどわかる」

「誰も真似できないでしょう」

「それがさぁ。三位となったエヴェネプールは、四月にヴィンゲゴーと同じレースで鎖骨と肩甲骨を骨折していたらしい」

「本当ですか」

「彼はツール初参加だけど優勝候補の一人だったし、実際に第七ステージでは優勝した。パリ五輪で優勝する可能性だってあると言われている」

「骨折して三ヵ月の二人が揃って表彰台にのぼるなんて凄すぎますよね」

「僕は骨折の三週間後にエタップのスタートラインに立ったけどな」

「凄すぎます、村田先生。ツールのチャンピオンを超えています」

茶目っ気たっぷりに自慢する先輩を見て、たまらず中江は笑い出した。

「骨折と言えばなぁ。英国のスプリンターのカベンディイッシュを知っているだろ。彼も去年のツールで鎖骨を骨折して一度は引退宣言をしたけど、今年復帰して三十五度目のステージ優勝を果たし、メルクスの最多ステージ優勝記録を遂に抜いたんだ」

彼もメルクスも両者好きな正平の気持ちは複雑だが、その感動の場面を覚えている。

「僕が失格したエタップと同じ第二十ステージを、タイム制限ギリギリで通過して失格を免れた時の彼とチームメートの泣いて喜ぶ姿は実に感動的だった」

「小柄だけど、ガッツがありますからね。これで思い残すことなく引退できるでしょう。でも、どうして彼らは骨折してまで走りたいんでしょうか」

「ロードレースの魅力はそれだけ凄いってことだろう。僕も二度骨折したけど、やめられないからねぇ」

「分からなくもないですが、僕の場合は骨折したらカテーテル治療なんか出来なくなるし、胸部外科の山田教授だって手術ができなくなると大変ですからね」

中江は忙し過ぎる正平がどう工面して参加に漕ぎ着けているのかを五年前にフランスへ同行した時に垣間見ていたが、なかなか自分では真似できないと感心していた。

「今度、しまなみの大会に出るんですよ。高速道路を走れるやつ」

「おう、そうか。僕はツールド佐伯に出る。ドMの連中がドSの一九〇キロ走るやつ」

「村田先生の齢でSコース参加は、性格がドMの証しですよね」

二人して笑っているところへ協賛会社の女性職員が現れ、講演会の開始を伝えた。

「さぁ、始めようか、中江君」

二人は大講堂へ移動するために立ち上がった。


それから数日後のことだった。夜間の透析管理業務の合間に休憩を兼ねてネットサーフィンしていた正平は、あるブログ記事に目を奪われた。ドイツ在住の若い男性が今年のエタップへの参加記事を投稿していたのだ。正平がリタイアした場所から後のコースや、最終ゴール後に出発地のニースへ深夜にバスで戻る大混乱の模様が真に迫って詳しく描かれていて、とても興味を惹かれる参加記だった。これまでと違って完走できなかった今年は、正平にとってルートの後半部分がずっと謎のままだったからだ。

「先生、何ニヤニヤしながらパソコンで動画を見ているんですか。まさかエッチなのじゃないですよねぇ」

背後から突然聞こえた女性の声に、正平はドキリとさせられた。そんな動画をクリニック内で観ることはもちろんないが、正平は集中するあまり背後に看護師の萩尾菜摘がいることに全然気がつかなかった。

「コラコラ、院長をからかうなよ」

「すみません」

わざと大袈裟な態度でビックリする正平に、若い看護師はぺこりと頭を下げる。

「この前、フランスへ行ったでしょ。あの大会に参加した人のユーチューブ動画。前半は僕もこんな感じだったんだよ。でも途中でリタイアしたし、色々思いもかけない出来事があってね。深夜二時にホテルに帰り着いた時はヘロヘロだった」

今回のエタップで誰しもが感じたことは、やはりゴール地点からニースへと帰還させるバス輸送への不満だったようだ。外国語の動画でも同じ困難な状況と苦情が溢れていた。正平と同じく午前二時頃にニースへ到着し、さらに近郊の街のホテルまで暗い夜道を更に一時間かけて自走して帰る人は彼の想像より多かった様だ。運営の不手際が目立つこんなエタップなら二度と参加したくない……、という溢れる参加者からの声に、あのバスで疲れ果てた彼も共感せざるを得なかった。

「へ〜っ、けっこう景色良いじゃないですか。この坂を猛スピードで下るのって、見ているだけでもハラハラしますね。画面のスピード表示が六十キロになっていますけど、カーブを曲がり切れなかったら崖下に吹っ飛んで死にますね。先生、途中でやめてよかったですよ」

「そうかもしれないけど、やっぱり完走してメダルが欲しかったなぁ」

「メダルって何ですか」

「制限時間内に完走した人だけがもらえる記念のメダル。三個目のメダルを今回もらうために真剣にトレーニングしていたのに残念だった」

「どれくらいの人が完走したんですか」

「完走者は出場登録した約一万六千人のうち、三分の二だね。後方の組でスタートした人たちは半分以下しか完走出来なかったらしい。かなり厳しいコースだったからね」

「先生みたいなお爺さんは他にいないんじゃないですか」

「お爺さんはヒドイなぁ。でも確かに、僕より年上の完走者は百人もいないだろうね。他の有名な大きな大会では、六十五歳以上は想定していないみたいだしね。ただ女性の参加者は確実に増えていると思うね。一番多いのは三十代かな。でもまだ一割未満みたい」

「日本人は多かったんですか」

「今年は約二十人かな。二〇一八年に参加した時の六割だし、その多くはヨーロッパで暮らしている人たち。超円安だし、わざわざ日本から参加するのは確かに大変だもんね」

「体力はもちろんですけど、お金も時間もかなり必要ですからね。でもお金や暇が出来たころには、既に体力はなくなっているだろうし。院長にはお金はあっても、自由な時間は全然ないですよね。四泊五日の超弾丸旅行の間にこんな自転車大会へ参加するとか、相当な変態ですよ」

そう笑いながら話した菜摘は、正平に怒られる前に本来の持ち場にさっさと戻っていった。

動画やブログ記事の数々は正平にリタイア後の風景や参加者の様子などを教えてくれたが、同時に幾つかの複雑な感情をもたらした。なにより感じたのは、意欲的に海外生活を楽しもうとする若者の逞しさに対する羨ましさだった。十五歳でツール・ド・フランスに興味を抱いた正平が欧州でのサイクリングを初めて体験したのは五十七歳の時。エタップへの挑戦自体を諦めざるを得ない期限がもうすぐそこに迫っている。

その夜、どこか正平が見覚えのある景色の写真が英語の文章とともにインスタグラムに投稿されていた。半月前に途中リタイアしたエタップの風景とそっくりだった。そして、プロヴァンスを思わせる峠道の崖下の道路をひとりで黙々と走っている女性にも彼は見覚えがあった。

その投稿には他に数枚の写真が載せられていて、うち一枚は胸に輝く金色の完走メダルが大写しになった写真だった。首からメダルを下げている顔は写っていないが、きっと例のはにかむ様な笑顔がそこにあるのだろう。それはRCCロンドンのクリスティンの投稿だった。写真に添えられた長い文章を読んだ正平は、驚くとともに凄く嬉しくなった。そこには彼が知らなかった「あの日」のことが赤裸々に綴られていた。

先々週の今ごろ、私はまだ南フランスのニース近郊の山地でエタップの最後の峠であるクーイヨ峠をゆっくりと登っていました。

プラウス峠、トリーニ峠、コルミアーヌ峠、クーイヨ峠という四つの険しい峠を越えながら走るこのルートは、とても素晴らしいものでした。昨年参加したエタップでのラマス峠ほどの恐ろしい勾配を持つ坂道はないですが、コースは最初から最後まで絶えず上昇と下降を繰り返しながら、容赦なく一三八キロ先の頂上ゴールへと続いていました。途中小雨も降りましたが、幸い天候には恵まれ、それほど極端に暑くもなく、むしろ標高が高いゴール付近で雨に降られた際は寒かったくらいです。

ただ、途中で私はかなり遅れてしまいました。二つ目の峠への登りで、制限時間に遅れた最後尾の選手を回収していく車両と並走するような遅い速度で走り続けたのですが、なんとか峠を越え、それに続く景色が良い長い坂を慎重に降りていきました。

残念ながら関門の制限時間を少し超えていて、既にその地点で二百人を超えるであろう人々が、その先に進むことを許されず、あるいは断念して立ちすくんでいました。本来であれば、私もそこで回収バスに乗せられゴール地点まで運ばれる決まりでしたが、まだ時刻もかなり早かったので、思い切って関門にいた係員と続けてこの先へ走れないだろうかと交渉してみました。

その結果、大会関係者の万全のサポートは無くなるものの、十分に気をつけながら自己責任でこのまま先へと走り続けるという選択肢が幸いにも私に与えられました。恐らく無我夢中で交渉していたのでしょう、とても有難かったです。

こんな美しい日に満員のバスに黙って座るより、どんなに遅れようとも、最後まで私は一人だけで走り続けることを選びました。幸いにも、道路はまだほとんど交通規制が継続されていて、補給ステーションには少しですが食べ物が残っていました。何人かの支援スタッフがまだ見守る様に道路にいてくれ、私はそこから五十キロ以上も先にある最後のゴールまで安心して走り続けることが出来ました。

実は、私は大会直前に乳癌の肺転移巣への放射線療法を受けていました。ありがたいことに、最新のスキャン結果はすべてクリアでした。治療後に行った肺と心臓の機能検査の結果説明後に私はエタップへ参加することを許可されましたが、医師からは大会参加にあたって十分に用心することを勧められました。

治療の際に避けがたい急性ダメージから肺がある程度回復しているのを自覚していましたから、これまでの四回のエタップとは異なり、とにかく私は完走を目指して無理をせずに安定したペースを維持することを心掛けていました。そのことで途中の制限時間に少し遅れたのでしょう。そして、ほとんどの区間を一人ぼっちで何時間もゴールに向かってロードバイクに乗り続けました。

本来なら参加を思いとどまるべき、あるいは途中棄権すべきだったかもしれませんが、今回のエタップの厳しいルートを途中で諦めずに完走出来たことがとても嬉しいです。これからも私の肺機能が改善し続け、九月のワン・モア・シティや来年のエタップにまた参加できることを祈っています。

大会関係者の皆さん、補給ステーションで様々な女性専用のサポートを提供してくれてありがとうございます。今後より多くの女性がこの大会へ挑戦しやすくなるためにできるサポートは他にもまだたくさんあります。どうぞよろしくお願いいたします。


クリスティンの文章を読み終わった正平は深く感動し、軽い嫉妬心さえ抱いていた。

あの日、あの時、あの場所で、彼と彼女はニアミスをしていた。サミットの時の青い特製ジャージを身に着けていた彼の姿を、あの止められた関門で彼女は気がついたのかもしれない。

正平は自分のために止むを得ず途中リタイアを選択し、クリスティンもまた自分のために諦めず進み続けることを選択した。互いに参加を知らぬままニアミスをしていた旧知の二人は、それぞれに満足してこの夏の最大の目標としてきた大会を走り終えていた。

投稿文を読み終えた後、正平はクリスティンに対して不思議な強い仲間意識を覚え始めていた。彼が獲得できなかった幻の完走者メダルを彼女が代わりに首にかけているような、そんな思いがしていた。

彼はロンドンにいるはずの彼女にすぐにメッセージを書き送った。

あの時、彼と彼女の選択を左右したものはいったい何だったのか。何が彼女をそれほどまでに前へと突き動かしたのか。彼女の胸の内は彼にも少し想像出来たが、その答えを彼女から直接聞いてみたかった。だが、ステージ4の乳癌と向き合いながら暮らす彼女の本当の気持ちを知ることは、癌サバイバー以外の誰にも恐らく難しいだろうとも思っていた。彼女にとっての未来の不確実性は、老化以外にさしたる悩みのない彼の想像以上に重たく、そして近くに迫っているはずなのだから……。

【こんにちは、ショウヘイ。素敵なメッセージをありがとう。そして、私のインスタをフォローしてくれててありがとう。私もショウヘイのインスタをフォローし始めました。幾つも興味深い投稿がありますね。後でまたゆっくり読もうと思います。

七年前のサミットの時のあなたをよく覚えていますよ。あなたはサミットに参加した唯一の、そして初めての日本人でしたからね。お話しはあまり出来なかったけど、年齢を感じさせない若々しいあなたのことは忘れていません。カンヌの夕食会へのバスでは私はあなたのすぐ後ろの席にアレーダと一緒に座っていて、英国から参加していたケリーとあなたが楽しそうに話をしていたのを聞いていました。

翌年のアヌシーでのエタップにも参加され、完走されていましたよね。アジア系の方が青いサミットのジャージを着用されていたので、遠くからでもすぐに気がつきました。

今年のエタップの二つ目の峠を越えた関門の所で確かにあなたを見たと思います。友達のキャロラインも気がついたみたいです。やはり同じ青いサミットジャージを着ていましたからね。大会の三週間前に骨盤を骨折したばかりなのに、フランスへ渡りエタップをスタートするというあなたの決意は本当に尊いです。惜しくもリタイアされたとはいえ、あの苛酷なコースを半分以上も走られたのは凄いです。

私がエタップ参加前に抱えていた医療面の問題は、昨年の十一月に始まりました。一度は完治したと思われていた乳癌が、今度は肺にも転移してしまいました。

以前インスタにも投稿しましたが、私も六年前のアヌシー大会から毎年エタップに参加しています。今年は肺転移に対する放射線治療からの回復過程で肺の状態もまだ悪かったので、かなり大変な大会になるだろうと予想していました。肺とスポーツ医学の専門医に相談したところ、スタートは許可されるも、ペースを一定に保つように勧められました。

スタート時間が遅かったので制限時間に間に合うのは難しいだろうと分かっていましたが、たとえ遅れても走り続け完走すると決めていました。止まるという選択肢は私にはなく、無理せずに淡々とマイペースで走り続けたことが良かったかと思います。おかげで、五個目の完走者メダルを首にかけてもらえました。

私は二〇一八年からステージ４の乳癌を患っていることをＳＮＳや時々取材していただくテ

レビや新聞などでも公表しています。ワン・モア・シティのことも記事にしてくれるなど、マスコミには応援してもらっています。過酷なエタップで完走者メダルを毎年もらうことが明日への生きる勇気になりますし、癌サバイバーの仲間を勇気づけることに少しでも寄与できればと思います。

周りの人々の熱心で温かいサポートがなければ、乳癌ステージ4の私が今までこうしてサイクリングを続けるのはきっと大変だったろうと思います。

また来年、エタップやサミットなどでお会い出来ればと思います。いつかワン・モア・シティにもご参加ください】

大怪我をしたことや途中失格になったことで、もうこれが最後のエタップ挑戦になるだろうと正平は納得したつもりだった。だが、癌と今も闘っているクリスティンが来年以降もエタップに挑戦するだろうことが容易にうかがえるだけに、幻となった完走者メダルを彼はもうひとつ手にしたくなった。

最終章

ワン・モア

――二か月半後

最終章　ワン・モア

二か月半後

　あの突然の事故から三ヵ月余りが経過し、まだまだ厳しい暑さが残る秋の彼岸の時期を迎えていた。ちょうど一年前と同じように、村田正平は祝日のクリニック内で仕事をのんびりとこなしていた。

　彼を絶望の淵に追いやった骨盤や股関節の痛みはほぼなくなり、あの頃の杖を手放せなかった不自由な生活も、今では忘れがちになっている。少雨で酷暑と言われた今夏は福岡県内でも猛暑日に関する様々な日本記録を太宰府市が更新するなど、これまでに経験したことのない嫌な気候が続いている。

　正平は二週間ほど前に久しぶりに自転車に乗ってみたものの、ムッとする温風を全身に受けながらのサイクリングは苦痛でしかなく、ほんの三キロも進まないうちに早々に退散するしかなかった。それでも痛みを嘘のように感じなかったことは望外の収穫だった。

　彼は翌年への復活を期して、十月下旬に大分県で開催されるツールド佐伯への参加申し込みを八月に済ませたが、痛みの再燃や熱中症の危険を冒してまで練習することは避けている。院長にもしものことがあっては困ると、職員に固く止められているからだ。

九州最東端の岬を訪れるアップダウンが厳しい一九〇キロのハードな大会なので準備が当然必要だが、年齢も考慮し練習はボチボチ始めるしかないだろう。一度挫折しただけに、闇雲に猛練習をしようなどという気持ちが薄らいでいるのは自然なことだ。

昨夜遅く、今年もまた欧州の自転車大会の案内メールが正平に届いた。幾つもの魅惑的な大会の案内が掲載されていて、時間が許せばその全てに申し込みたいほどだが、年々速まる時の流れを複雑な想いで彼はとらえていた。

『もうそんな時期なのかぁ。帰国してまだ三か月弱なのに、来年はどうしよう。いつまで挑戦できるのだろう』

一晩よく考えてみたものの、なかなか正平は決め切れない。

『骨折が途中失格の本当の理由だったのかなぁ。それとも体力が既に限界なのかなぁ』

未来を想う彼は、これまでになく弱気になっていた。六十五歳という節目は、気持ちに少なからぬ影響を与える様だ。老人会への入会を勧誘されるし、定年退職と同時に年金だけでは生活しづらいという現実に向き合わされる。緩やかに登ったり下ったりしながら続いていると思っていた道のすぐ先に突然現れた段差のような感じかもしれない。

『完熟への上り坂なのか、あるいは終末への下り坂だろうか』

ぼんやりと見えるそれが急坂なのか階段なのか、どちらであっても今までよりも越えるのに困難が伴うことを予感させる。

『もうひとつ、これから何かに挑戦をしてみたい』

時おりそんな想いを正平は抱くようになった。パンデミックの四年間を無駄に過ごしたような悔しさにずっと囚われていたし、歳を重ねるにつれて自分に残された時間が短くなることをますます強く意識するようになっていた。

パンデミックで長らく中断されていたRCCサミットも今秋からようやく再開され、いまちょうど南仏プロヴァンスの地で開催されている。サイクリストにとっての聖地Mont Ventoux（モン・ヴァントゥ）が今回の開催地。白い不毛のピークを持つ標高一九一二メートルの独立峰で、ツール・ド・フランスの舞台としても度々登場する。正平も強い憧れを抱いてきた山だったが、彼の仕事を考えれば年に何度も休むことが出来ないのもまた確かだった。

サミットに今回は三名の日本人が参加しているという。あの七年半前の素晴らしかった日のことを想うと、彼は参加者たちが羨ましかった。

『もうひとつ、どこかで開催されるRCCサミットに参加してみたい』

インスタグラムから次々に伝わってくる参加者たちの喜びの表情と、マネージャーであるアレーダの人懐っこい顔や姿。体験したものだけが知るあの歓びこそが正平を欧州ライドの虜にしたと言っても過言ではない。が、仕事中心の現実を見る限り、いくらTo Do Listを並べたところで実現はなかなか難しく、愉しみごとには優先順位をつけないわけにはいかなかった。

『来年も、もうひとつの何か大きな大会で走ってみたい』

三度目のエタップか、初めてのドロミテの大会か、あるいは二度目のサミットか。

仮に今年のエタップを無事に完走出来ていたならば未経験のドロミテで決まりだろうが、彼にはひと月後にどこを走るか判明するエタップの開催場所次第でどれかを選ぶことになるだろう。

大きな未練が残る残念な今年の結果だった。次のRCCサミットがどこで開催されるのかもまだ発表されていないが、四年前のパンデミック突入で急遽中止された日本で開催されるのでは……、という噂もあるようだ。

彼はどうしてもひとつに絞り切れず、いま可能な二つの大会の仮予約をその晩にさっそく行った。

【ショウヘイ、元気？　もうすぐ、今年もOMCの旅が始まるのよ。先日の問い合わせの件だけど、今度の旅が終わってロンドンへ戻ってからでもいいかしら】

夕食を終えて院長室でエアロバイクを漕いでいる正平のもとへ、英国のクリスティンから一通のメールが届いた。ロンドンはいま正午頃だろうか。

【ゆっくりどうぞ。落ち着いてからで良いよ】

七年前から彼女が主催して毎年九月末から十月にかけて続けているチャリティーライド、OMC（ワン・モア・シティ）のイベントも、いまや随分と共感する参加者も増えていた。

昨年からは米国カリフォルニアでも彼女たちの活動に賛同するRCCのメンバーを中心にチャリティライドが開催され始めた。今年は十月にサンフランシスコでUCSF（カリフォルニア大学サンフランシスコ校）の乳癌転移研究支援の寄付を募るため一四〇人規模のワンデイライドが計画され、彼女も飛び入り参加を予定している。既に来年度も世界各地で九つの同様なOMCライドの計画が計四〇〇人規模で進行中との報せも、正平は彼女のSNSを通じて先日知ったばかりだった。

【OMCも随分と賛同者が増えて来て良かったね。もうすっかり世界的なキャンペーンに成長しているよね。でも、君もそれら全部に参加するのは難しいでしょう】

【そう、もちろん。拡大するサポーターのコミュニティは、私に誇りを与えてくれるけど、それはアレーダやキャロラインをはじめRCCの仲間たちのおかげなの。それに、十月のOMCがひと段落したら、また放射線治療を繰り返して癌細胞を押し留めなきゃいけない。それが今の私の実情なのよ。でもこの活動はこれからもずっと続けていきたいわ】

彼女の転移巣はまだ繰り返して治療する必要があるようだ。一見すると明るく活動的に世界を飛び回っているものの、半年先、一年先の自身の人生に確信を持てないつらさを彼女は胸の内に隠しているに違いない。

【実は私にとって、OMCは非常に個人的なものなの。転移性乳癌とともに生きる意味を見つける方法であり、自分の経験をポジティブなものに変えてもくれるの。ささやかだけど、私たちが資金提供している研究者の世界的なネットワークともつながり、将来への希望を燃え上がらせてくれるの】

正平も普段ステージ4の癌患者と接する機会は少なくないが、医師でも理解できない患者だけの苦悩があることを以前から感じていた。

仕事さえ無ければ彼も自転車仲間たちと一緒にOMCで欧州各地を駆け巡りたいが、まだまだクリニックから引退出来ない今の彼には到底叶わぬ願いだった。

久々にRCCサミットを開催したばかりのアレーダも、南仏プロヴァンスから直接イタリアのヴェネツィアへと移動し、クリスティンらと合流するらしい。毎回少しずつ規模を大きくしていくチャリティーイベントを旧知のサイクリストたちが主催していることは、遠く離れた日本の正平にとっても嬉しいことだった。

【今年は僕も初めて寄付をしてみようと思うけど、どうやればいい？】

【えっ、本当なの？　嬉しいけど、無理しなくていいわ。少額でいいのよ】

少しして、彼女から寄付サイトへのリンクが貼られたメールが送られてきた。ふるさと納税と違い見返りはないようだが、クラウドファンディングの類なのだろう。地域行事や保護活動など依頼を受けた場合を除くと、正平はこれまで寄付行為をあまり進んで行うタイプではなかったが、今回は自然な気持ちからサイトを開いて寄付額を書き込んだ。

大学や研究機関で働く若い癌研究者を応援したいという異国の癌サバイバーたち。わずかな額だが、癌と闘う彼女たちと気持ちを共有できることに細やかな喜びを感じるようになった自分自身が彼には少し不思議だった。気付かずにいたもう一つの喜びを今になって知ったような気がして、彼は恥かしさと同時に嬉しさも感じていた。

【サイトで無事に寄付が出来たみたいだよ、一二五〇ポンド】

【そんなに？　ショウヘイって、太っ腹ねぇ】

彼が聞き慣れない英単語は、どうやらそんなニュアンスの言葉だった。

【今まで出来なかった分を含めて八回分だと思って。気をつけて、楽しんで走ってきて】

【ありがとう。良かったら私とアレーダのインスタをフォローしていてね。毎日イタリアから投稿するつもりだから。もちろん、ローマの先も私たちは走り続けるわよ。ОＭＣの精神は、挑戦は決して終わらない……、という考えに基づいているからね】

七年前のサミットの頃と比べると、今では随分と気軽に海外の友人と交流ができるようになった。グーグル翻訳を知る前は英語で手紙を書くことやメールすることに困惑し躊躇していた正平も、今やメールのやりとりが楽しくなったほどだ。若い頃に三年以上もアメリカで暮らしたことがある彼だが、便利で有難い時代になったものだと感じていた。

『もしも現代に独身時代を生きていたならば、どんな交流や恋愛があったのだろう』

正平は家族との生活に不満など一切ないものの、六十五歳を迎えて最近そうしたパラレルワールドの存在をよく夢想するようになった。

『もうひとつの別の世界に息づいているであろう異なるもう一つの自分の人生』

ふとした時になぜかそうした感情をしばしば抱くようになったのは、誰にでも訪れる老いや人生の終末がすぐそこまで彼にも迫って来たということなのだろうか。


少しだけ暑さが和らいだ土曜日の午後、正平は骨盤骨折の後ずっと控えていた自転車で、大粒の汗をダラダラと流しながら山道をゆっくりと登っていた。あの事故の日に登った標高四三〇メートルのミカン山の坂道だ。

まだ濃い緑色の小さな果実は、生い茂った葉の陰に恥ずかし気に隠れている。幸いスズメバチの恐ろしげな羽音も聞こえてこないし、蛇がその長いカラダを道路に横たえてもいなかった。顔や手にまとわりつく小さな虫としつこい蚊の他には生き物の気配はどこにもないが、今日の彼はタヌキの出現を必要以上に恐れていた。

エタップ前の六月に比べると、トレーニングをサボった彼の体力は半分ほどに落ちているし、明日は全身の筋肉痛で久しぶりに苦しむに違いない。彼岸も過ぎたというのに今日も三十二度の気温で、歩くほどの遅いスピードしか出ない厳しい上り坂では、熱中症と足の痙攣がいつ起こってもおかしくない。

「当然だよなぁ、この歳で三ヵ月以上も自転車にほとんど乗っていないんだから」

時おり作業用の軽トラックが大きなエンジン音を奏でてすぐ横を通り過ぎるが、正平の独り言を虫以外に聞くものはいない。

峠に到着して荒い息を整えていると、クリスティンがインスタグラムに投稿したことを知らせる小さなチャイムが鳴った。立て続けにもうひとつ、今度はアレーダの新たな投稿を知らせている。いまこの時間、イタリアは朝の八時頃だろうか。

四日間に渡ってヴェネツィアからサンマリノを経由してローマまで走る彼女らのワン・モア・シティは、どうやら今日が最終日のようだ。ペルージャやアッシジからほど近い村の宿から走り出す前に二人はそれぞれ投稿したらしい。四十人ほどがお揃いのえんじ色のウエアを身にまとってにこやかな表情をしている写真だった。

【事故に気をつけて、最後まで頑張って】

正平はインスタグラムのメッセージ機能を利用してそう二人の仲間に書き送った。

ほどなくして、また小さく電子音が鳴った。

彼はイタリアからの返信かと一瞬思ったが、その送り主は違っていた。福岡市のテレビ局に勤務する植松彩花からだった。

【村田先生、お元気ですか。もうすぐ、ノーベル賞の取材で先生と初めてお目にかかってから一年になりますね。先日は、K博士の自叙伝のご紹介、ありがとうございました。ぜひ読んでみたいと思います。まだまだ暑いですが、自転車は再開されましたか】

正平が昨夜送ったメッセージへの遅い返信だった。

あの事故直後のライブ以来、二人は一度も会ったことはなかったが、共通の趣味がある友達のような感じで時々メッセージを交わす仲になっていた。

淡い恋に似た感情が正平にも時おり湧いてくることはあるものの、親子ほど年が離れた二人に男女の情など似合うはずもなかった。

【とても天気が良いから、事故後初めて山に登って来たよ。練習サボっていたから、年取ったなぁって感じるね。もう六十五だから、すっかりお爺さんだけどね】

今日は仕事が忙しくないのであろう、返信はすぐに届いた。

【先生は十分お若いですよ、きっと女性にもモテますよ。でも無理すると熱中症になりますから、

【医者の不養生にならないようお願いしますね】

モテますよと言われても、そう言う彼女にはモテていないのを彼は理解している。

【無理だよ。彩花さんだってこんな爺医には興味ないだろう】

正平は思い浮かんだ感情をポロっと書いて送信ボタンを押した。しまったぁ……と彼は思ったが、もう不用意に送ったメッセージを取り戻すことは出来ない。

『呆れられたことだろう。もう今日のやり取りはここで終わりだな』

自己嫌悪に包まれた彼が坂道を下り始めようとした時、彩花からの返信が届いた。

【好きですよ、先生のこと】

送られてきた予期せぬ言葉にどうリアクションしていいか分からず、ドギマギしながら正平は話題を変えた。

【来月には大分の佐伯市で自転車大会があるんだよ。一九〇キロのコースだから、そろそろ練習再開しないとね。いきなりだと完走は無理だろうから】

【佐伯ですか。時々取材で行きますよ。いつもは駅前のビジネスホテルに泊まるんですけど、この前は満室で、凄く古びた民宿に泊まりました。あの美しい海岸線をロードバイクで走るのって、結構アップダウンはあるけど気持ち良さそうですよねぇ】

【へ〜、僕は佐伯に行くのは初めて。彩花さん、明日は何か予定ある？　良かったら一緒にト

レーニングしない？　天気も良くて、少し涼しいみたいだし】
彩花からの返信が届くのには、またもや少し時間がかかった。小さな電子音が鳴る。
【良いですよ。先生のクリニックへ十一時には着けると思いますが、それで良いですか。姿勢が悪いとか、走るのが遅いってからかっちゃ嫌ですよ。そしたら、先生のこと、嫌いになりますから】
スマホを手に、山の上で正平は小躍りするかのようだった。

翌日、約束の時間に植松彩花は美川ハートクリニックに到着した。真っ赤なアルファロメオから降り立った彼女は黒いサングラスを外して軽く正平に会釈をする。紺のタイトなワンピースに同じ色のパンプスを合わせていた。取材やライブの時とは全く異なる雰囲気ながら、とてもよく似合っている。

「先生、お久しぶりです。爽やかな天候になり、良かったです」

イタリアで最も有名な峠、ステルヴィオの名を冠したSUVは正平にとっても憧れの車だった。彼は彼女の雰囲気にいきなり飲まれてしまい、スムーズに言葉が出てこない。

「二階の着替えの部屋に案内します。走り終わったら、シャワーもあります。僕は下でお待ちしています」

高鳴る鼓動に気付かれはしないかと心配する彼は、そう言うのがやっとだった。

五分ほどで、淡い水色のサイクリングウエアに着替えた彩花が正平の前に姿を現した。想像通り、とても引き締まった身体をしている。膝上までの黒いビブショーツから伸びる長い脚はすらりと細いが、その白い肌の奥にひそむ筋肉は十分に鍛えられているように思われた。長い黒髪は淡黄褐色のリボンで束ねられ、白いヘルメットの後ろから姿勢の良い背中へさらりと流れている。細長く美しい指が白い指切りの革手袋から伸び、シンプルな白いソックスと使い慣らされた白いシューズなど、どこにも隙がない美しさだった。

「お待たせしました。実は久しぶりなんですよ。お手柔らかにお願いします」

そう言うと、彼女は車に積み込んだロードバイクを降ろそうと、クリートの接地音をカチカチ鳴らしながら駐車場に停めたステルヴィオへと歩き出した。

「カッコいい車ですね。上品で凛とした彩花さんがこんなスパルタンなSUVを運転している姿は素敵です」

「ステルヴィオ峠の名前に惹かれたんです。先生はイタリアの峠も登られたんですか」

「いいえ、でも来年七月のドロミテの大会には仮予約をしています。もうひとつ、どうしても参加したかったイタリアで一番人気の大会です」

「良いなぁ……。次は奥様もご一緒ですか。羨ましい」

彼は妻の父親の体調さえ良ければ一緒に行くつもりで仮予約をしていたが、あまり今は彩花に妻のことを話したいとは思わなかった。

「そのルート上にはステルヴィオ峠はありませんけど、ミラノ空港への行き帰りの際にはぜひ峠を越えてみたいです。レンタカーですけどね。それから、今日は僕のことを先生って呼ぶのはやめてください。村田さんか、正平さんでお願いします」

「わかりました。じゃぁ私のことも、彩って呼んで下さい、正平さん」

予想外の展開に彼は返事も出来ず、顔を少し赤らめた。それに気がついた彩花は、小悪魔的にクスっと笑った。

その時、正平のインスタグラムの通知音が鳴った。

イタリアから、ワン・モア・シティの無事完走の報告とチャリティ募金の目標額達成への感謝の投稿だった。クリスティンやアレーダの楽しそうな顔が数枚の写真の中に溢れている。

「楽しそうなグループライドのお写真ですね。海外の方ですか」

正平のスマホ画面を一緒に見ながら彩花がつぶやいた。

「彼女たちはロンドンの知り合いなんですよ。七年前に南フランスの自転車イベントで初めて出会ったんです。人の出会いって、本当に奇跡みたいなものですよね。あの日のワンポイントでしかクロスしていないけど、今もこうしてネットで身近につながっている」

「そうですよね。正平さんと私も、Kさんがノーベル賞を受賞しなかったら決して出会わなかったでしょうし、そもそもパンデミックが起きなかったら恐らく出会えませんでした。私は新型コロナウイルスに感謝しなきゃいけませんね」

そう言いながら、正平の顔を見つめていた彩花は恥ずかしそうに笑った。

「彼女たちは毎年秋の今頃に、若い乳癌研究者に寄付金を渡そうというチャリティライドをやりながら、欧州の各都市を次々と結んで走り続けているんですよ。初年度はロンドンからパリへ。次の年はパリからアムステルダムへ。去年はミュンヘンからヴェネツィアへ。そして第八回目の今年は、四十人ほどでヴェネツィアからローマへと四日間かけて走ったんです」

「凄いですね。癌サバイバーの女性たちが身体を張って社会貢献を続けている。いかにもヨーロッパという感じがしますよね」

「実は日本時間で昨夜遅くに完走したので、翌朝の喜びの投稿写真みたいですよ」

彩花は腰を屈めてロードバイクの車輪を装着し、サイクルコンピューターの電源をオンにする。真っ白いフレームは彼女にとてもお似合いだ。

「お待たせしました。正平さん、行きましょうか」

「車が多いところは僕が先を走るけど、もし速すぎれば気兼ねなく声をかけてね。車が少ない道は一緒に並んで話しながら走りましょう」

東の山地から流れ来る川沿いの堤防の上を正平は彩花と並んで軽快に進んでいく。十五キロほど先にある目指す山の麓までは交通量がとても少ないので、周りの景色を見ながら二人の会話も弾んでいる。彩花の息が乱れないよう時速二十五キロで巡行するが、もう少し速くても彼女は大丈夫なようだ。綺麗な黒髪が気持ちよく風になびいている。

「きれいな走りをしているね、彩ちゃん。これならロングライドも楽に行けそうだね」

彩ちゃんという呼びかけに、彩花は嬉しそうな表情をしながら前を見て走り続ける。

「いつか私もフランスやイタリアの大会へ参加したいと思うようになって、恥ずかしくないようにコッソリと練習を重ねていました。でもまだまだです。正平さんも、来年のドロミテの大会は楽しみですよね」

「実は、同じ日にエタップもあるので、そっちも仮予約しているんだよ。まだエタップの方はコースが発表されてなくて、もし魅力的な場所で開催されるならエタップにするかもしれない。ドロミテは毎年同じ固定のルートだから、次の年でも良いしね」

二人は川沿いの道を離れ、山間の細い道に向かっていく。

時おり作業の車が通るくらいの静かな林道で、ほど良く日陰もあり、遠くに波のように重なる山地も遠望できる坂道が目指す峠まで六キロほど続いている。平均斜度六から七％だが、時おり十％を超える坂道も現れる。彩花の体力を気にかけながら、正平は車の音に耳を澄ませつつ彼女の隣をゆっくりと登っていく。

「彩ちゃん、平気そうだねぇ。凄いよ。これなら数年後にはエタップも完走できるだろう。いつか一緒に参加しよう。僕が本物のジジイになる前に」

「ご冗談を……。でも、いつかご一緒出来たら良いですね」

彩花は坂を登りながらも余裕の表情で、横を走る正平に笑いながら話しかける。

「気持ちいいですねぇ。えっ、アレは何ですか」

彩花は道をゆっくりと横切る大きな蛇を見て、驚いてスピードを緩める。もうほとんど止まる寸前だ。

「大丈夫だよ。マムシじゃないから噛まないし、逃げていくよ。もうすぐ峠だから頑張ろう」

先ほどより空が広く明るく感じるようになった。もうどこにも夏の雲は見当たらない。幾ら暑いと言っても、もうすぐ十月なのだ。

勾配が一層きつくなりだした。ここさえ越えれば、もう目指す峠は近い。あの崖のところを大きく右へ回り込めば、勾配が緩くなりながら最後の左へのカーブが待っているはずだ。正平は彩花にときどき声をかけながら、見えない手で彼女の背中を後押しする。

「さぁ着いたよ、ここが望海峠だ。よく頑張ったね、彩ちゃん」

「へ〜っ。向こうに海が見えて、素敵な峠ですね。最後はけっこう厳しかったけど」

「いいところだろ。いつも走るお気に入りの峠だけど、実はここの下りでタヌキと衝突して骨盤を骨折したんだ」

百日前の大事故も、彼にとって今はもう笑い話だった。

「そうなんですね。その後、下りは怖くないですか」

「大丈夫だけど、家族や患者のことを考えると少し慎重になる」

それは正直な正平の気持ちだった。彼は彩花といると、なぜか素直になれた。

「それに、未来の夢を考えると、少しは気をつけようって思うようになった」

正平は遠くの照り輝く遠浅の海とその向こうの島原半島の雲仙岳を望みながら、絶え間なく額から流れ落ちる汗を袖で拭う。一緒に並んで遠くの景色を眺めている彩花も、やや荒くなった息を恥ずかしそうに整えながら、細く白い首のまわりの汗をハンカチで拭っている。辺りには彼岸花が列をなして咲き、柔らかな風が峠の道を木の葉を揺らしながら吹き抜けていく。

「正平さんの夢って何ですか」

彩花が正平の横顔に問いかける。

「たくさんあるよ。仕事しながらでもできることもあれば、仕事辞めないと出来ないこともある。タイミングを逃すと身体も気持ちも付いていけなくなることだってあるだろう？　開業医の仕事は思いのほか忙しいからね」

すんなりと未来の夢を並べることは、誰にとっても容易ではないだろう。

「昔のことを思い出しながら、もう一度……って考えるんですか」

正平は昔のことを想い出すことは好きだが、答えは少し違うと思っている。

「何かをもう一度やりたいではなく、もう一つの何かを求める気持ちの方が強いかなぁ」

「もうひとつ……ですか。なるほど……。ワンス・モアではなく、ワン・モアの方ですね。そう言われる先生のお気持ちは何となくわかります」

「先生はよしてくれよ、彩ちゃん」

二人は小さな声で笑った。

「今の僕には幸運にもお金はあるけど、悲しいほどに自由な時間がない。残念だけど、すぐそこに老いが迫ってきているのも確かだ。だけど、これからは自分の気持ちに素直に生きていきたい。もう六十五歳になったけど、お楽しみはこれからだと思うんだ」

「そうですよね」

正平は、若い彼女にはまだ本当のところは分からないだろうなぁと思っていた。

「来年の四月には京都でRCCサミットが開催されるそうなんだ。昨日の夜に発表された。なんとか都合をつけて、八年ぶりに参加してみようかなぁと思っている。アレーダや懐かしい顔にまた会えるかもしれないし。英語もまた勉強し直してね。それに新しい小説も何作品か書いてみたい。小説を書いている時だけは、自分をしっかりと見つめなおせる気がするんだ。本当の自分を自分自身にさらけ出せる、というか。それに、誰もが憧れるようなイタリア製の素敵なオープンカーにも乗ってみたいな。ようやく僕もそんなのが似合う年齢になれたんじゃないかと思うしね。だけど、あっと言う間に老いぼれて似合わなくなるだろうなぁ、悲しいけど。他にもたくさんジジイになる前に叶えたいことや挑戦したいことがある」

正平の口から未来の夢の幾つかが漏れ出てくるが、どれも単なる希望程度の現実的なものばかりだった。本当に大きな夢、叶うかどうか分からないような輝く夢を思い描く年頃は、もうとっくに過ぎてしまったのかもしれない。

「素敵ですねぇ。懐かしむワンス・モアではなく、憧れるワン・モアなんですね」

「確かにそうかもしれない。そして時間もあまり残されてない。今になってようやく分かったけど、時はとても残酷だよ」

「佐野元春さんの曲、サムデイの歌詞にもありますよね、そんな感情を見事に描いたフレーズが。あの後、佐野さんのファンになっちゃいました。正平さんのせいですから」

妻の真美子の他にも良き人生の理解者を得たようで、正平は素直に嬉しかった。

「実は、もうひとつ、叶えば良いなぁと近ごろ思っていることがあるんだ」

正平は恥ずかしそうな顔をしながら、横に立っている彩花へ言った。

「それは何なのですか」

正平は彩花の顔を見つめながら笑みを浮かべて黙っている。

「教えてくださいよ、正平さん」

彼は楽しそうにニコッと笑って、遥か遠い海の方へ顔を向けて言った。

「それはまだ秘密だよ」

一瞬の間を置いて、彩花の顔が少し赤らんだ。彼女は何も話さなかった。正平は峠に吹き上がるそよ風に顔を委ねながら、その雄弁な沈黙をしばらく楽しんでいた。

「最近、自分の挑戦は決して終わらない……って、ロンドンの友達が言ったんだ。そうだなぁ、と近ごろ僕も思う。……さぁ、ここを下ったら、もうひとつの峠に挑もう。彩ちゃん、タヌキに衝突しないように気をつけておくれよ。僕が先に行くよ……」

「はいっ」

正平はその背中で、彼女の気持ちのいい返事を受け止めた。

二人は遠くの海に向かって右へ左へと幾度も大きく曲がる道を、まるで小鳥が湧き上がる風に運ばれるように勢いよく下り始めた。

≪ 完 ≫

One More City 2017~2024

The 2025 OMC will travel from Rome, Italy, via Pisa, to the Cote d'Azur in the south of France.

It feels like the world is heading towards difficult times in which it will not be easy for ordinary people to live happily. Many people around the world live daily lives troubled by a number of emerging infectious and intractable diseases, as well as economic and cultural disparities that individuals cannot do anything about.
May all people on Earth be able to live a free, prosperous, and peaceful life free from oppression by anyone. May the conflicts occurring all over the world be resolved quickly, and new clashes and wars not break out.
I believe that the passion of people who love cycling can surely contribute to creating such a peaceful world.

Aki. RCC #798

■ 著者経歴

村 澤 武 彦 （むらさわ たけひこ）

1959年福岡県出身。

循環器専門医、透析専門医、医学博士。佐賀医科大学卒。

1991～94年ペンシルベニア大学留学、遺伝子治療の研究に従事。

帰国後、大学病院、県立病院勤務を経て、現在開業医。

2021年より小説の執筆活動を始め、著書に「クラスター」（一粒書房刊）、「カリコ博士と町医者」「夢の旅路」（書肆侃侃房刊）などがある。

サイクリスト

峠を越えていけ

発 行 日　2025年4月6日

著　　者　村 澤 武 彦

発 行 所　一 粒 書 房
〒475-0837 愛知県半田市有楽町7-148-1
TEL（0569）21-2130　FAX（0569）22-3744
https://www.syobou.com　mail:book@ichiryusha.com

編集･印刷･製本　有限会社一粒社

ISBN978-4-86743-330-0 C0093